デスマーチからはじまる
異世界狂想曲 30

リュリュ
幼い白竜
リザ
橙鱗族の少女
ルル
クボォーク王国出身。
アリサの姉

ポチ
犬耳族の少女
タマ
猫耳族の少女
ナナ
無表情なホムンクルス
ミーア
無口な音楽好きのエルフ

「おっけー！　ご主人様、
前みたいに
無茶しちゃダメよ！」
アリサ
クボォーク王国の元王女。
前世は日本人
サトゥー
異世界に迷い込んだ
アラサープログラマー
「こっちは任せるぞ」

デスマーチから はじまる 異世界狂想曲 30

★★★

愛七ひろ

Death Marching to the Parallel World Rhapsody

Presented by Hiro Ainana

カバーイラスト
shri

口絵・本文イラスト
長浜めぐみ

装丁
coil

CONTENTS

勇者様のお食事係 ……… 005
デジマ島 ……… 044
夢幻迷宮 ……… 066
魔王とピエロ ……… 121
インターバル ……… 155
幕間：囁き ……… 195
魔王討伐 ……… 200
黒幕の正体 ……… 243
エピローグ ……… 280
EX：娘さん達の宴 ……… 301
あとがき ……… 327

勇者様のお食事係

〝サトゥーです。料理人が主役の漫画は人気ジャンルの一つですが、その中でも偉い人の料理人達が料理に意図を篭めて出す奴が好きでした。もっとも、美味しい美味しいと舌鼓を打つタイプも好きなんですけどね。〟


「次元潜行、スタンバイ！」

試作の次元潜行艇のコクピットでオレは命じた。

「イエス・マスター、ディメンジョン・エフェクター起動、虚数パイルバンカー、エネルギー充填開始」

それに答えるのは、バイザーで顔を隠した金髪巨乳のナナだ。

バイザーに映るディスプレイの表示が、カウントアップしていく。

「エネルギー充填、一〇〇パーセント。いつでもいけます！」

涼やかな声でそう答えたのは、超絶美貌が天元突破した奇跡の和風美少女ルルだ。

いつもの笑顔も可愛いけど、真剣な顔で任務を遂行する彼女も素晴らしい。

「虚数パイルバンカー起動します。総員、対ショック、対閃光防御！」

キリリとした顔でそう告げたのは、橙鱗族のリザだ。彼女の首元や手首には、橙鱗族の特徴であるオレンジ色の鱗が計器の光を反射して煌めいている。

「バイザーするる～？」

ピンク色の対閃光ゴーグルを填めるのは、白いショートヘアで猫耳猫尻尾の幼女タマだ。

「シートベルトもなのですよ！」

タマの横で、ちゃかちゃかと耐ショックシートに座り、六点ハーネス式のシートベルトで身体を固定するのは、茶色の髪をボブカットにした犬耳犬尻尾の幼女ポチだ。

――ＬＹＵＲＹＵ。

ポチの頭の上で可愛い声で鳴いたのは、白い幼竜のリュリュだ。

「リュリュもちゃんとシートベルトしないとダメなのですよ」

――ＬＹＵＲＹＵ。

ポチが頭の上からリュリュを降ろし、隣にある補助シートに座らせて、シートベルトで固定してやった。

リュリュはポチに全幅の信頼を寄せているのか、なすがままにおとなしくしている。

「虚数パイルバンカー起動しました」

リザが凛々しい声で報告する。

衝撃や閃光と共に、次元潜行艇の周囲に鈍色の空間が広がった。

虚数パイルバンカーを使わなくても次元潜行自体は可能なのだが、未使用だと浅い亜空間にしか潜れず、物理干渉力が低い高次亜空間に入れないのだ。

「ディメンジョン・エフェクター動作安定」

静かな声で計器を読み上げるのは、淡い青緑色の髪をツインテールに結ったミーアだ。

見た目はポチやタマと変わらない幼女に見えるが、ツインテールの合間から覗く少し尖った耳で分かる通り、妖精族──その中でも有数の長命種であるエルフの彼女は、人族の寿命を超える長生きさんだったりする。

「次元潜行、いつでも行けるわ」

オレは隣席から聞こえた準備完了の報告に、最終判断を下す。

「潜航を許可する」

「おっけー！　次元潜行、開始！」

そう元気良く叫んだのは、淡い紫色の髪をした転生者の幼女アリサだ。

「がってんしょうち～？」

「ぽちっとな、なのです！」

アリサの合図で、タマとポチが仲良く始動ボタンを押す。

ひゅるると高回転エンジンの音が高まり、次元潜行艇が亜空間へと埋没していく。

「次元潜行完了。成功だと告げます」

周囲が鈍色の空間に包まれ、オレ達は次元潜行に成功した。

この次元潜行機構はエチゴヤ商会の研究所とシスティーナ王女のもたらした禁書の知識によって生まれた人族オリジナルの魔法装置だ。虚数パイルバンカーの方はエルフの技術なので、研究所にフィードバックできないのがもどかしい。

「皆、各機器を確認して」

「動作安定、異常はありません」

「こちらもです。ミーアとナナはどうですか?」

「安定」

「こちらも閾値を超える異常は検知できないと報告します」

うん、異音も変な振動もない。次元潜行機構は全て問題なく動作しているようだ。

「それじゃ予定通り、目的地まで行ったら実験を終了しよう」

「イエス・マスター、進路を大砂漠の西端、パリオン神国の手前に設定したと告げます」

移動を開始すると、勇者の御座船ジュールベルヌに乗った時には感じなかったような揺れや振動がコクピットに伝わってきた。

外洋の荒波ほどじゃなかったので、誰も船酔いする事はなく、そのまま亜空間の旅を続ける。

亜空間の代わり映えのない景色に飽き始めた頃、次元潜行艇は目的地へと辿り着いた。

「通常空間に復帰すると告げます」

「空間復元——通常空間に戻りました」

次元潜行艇が鈍色の空間から抜け出し、朝日が昇る大砂漠の西端に姿を現した。

「イエス・ルル。ディメンジョン・エフェクター停止と告げます」

「現在位置確認。目的地との誤差は四里半ほど」

「思ったよりもズレたね。まあ、それは次の課題でいいだろう」

ドンピシャとはいかなかったけど、曇天の飛行でもその程度の誤差は出る。おいおい精度を上げていけばいいだろう。

「けっこう速かったわね」

転移や閃駆とは比べものにならないけど、通常の飛空艇よりは圧倒的に速い。

何より、道中で魔物の襲撃がないのが良いと思う。

「いつもの飛空艇にも搭載するの？」

「もうちょっと改良してからね」

「改良？　もう完璧じゃないの？」

「まだまだだよ」

少なくとも次元潜行中の揺れや振動は減らしたい。

「アーゼさん達から教えてもらえる範囲はもう学んだんだから、ここから先は試行錯誤でバージョンアップしていく感じだね」

エルフの光船にはもっと高精度の次元潜行機構が搭載されているけど、あっちは世界樹が勝手に製造してしまうみたいで、エルフ達も自分達では製造できないそうだ。

まあ、世界樹は神々の世界から来た播種船みたいなモノらしいし、メイドイン創造神みたいだから超技術の一つや二つあっても驚かない。

「それじゃ、戻ろうか」

試作の次元潜行艇をストレージに収納し、帰還転移(リターン)を繰り返して最初の実験地へと戻る。

「次の試作品はコレ」

「強化外装？」

オレは黄金鎧(よろい)を着込み、試作の強化外装を装着する。

今回は出力の大きな黄金鎧に装着したが、アタッチメントは白銀鎧と共通なので、あちらでも使える。

「ご主人様が実験するの？」

「ちょっと危ないからね」

「ご主人様！　危険を伴う実験なら、私が行います」

危ないという単語に、リザが反応した。

「大丈夫だよ。ゴーレムや魔物を使った実験は何度も成功しているから」

次元潜行中に故障した時に、戻ってこられる者という事でオレが自分でやる事にしたのだ。

忍者タマなら普通に戻ってきそうだけど、初回の人体実験を子供にやらせるのは間違っているからね。

「どういう道具なの？」

「次元潜行機構の簡易版だよ」

中核部分は一緒だけど、次元潜行して同じ場所に出てくるくらいの機能しかない。移動用ではなく、緊急回避用の装置だ。

アリサ達が見守る中、試験装置のテストを行う。

実験で何度も試したとおり、なんの問題もなくテストを終了できた。

今回は標準仕様の単独で試したが、リミッターを外せば大人数でも使えるようにしてある。

その場合は過負荷で壊れちゃうけどね。

「もう一つはこっち」

「こっちの盾に杭が付いてって――パイルバンカーじゃん！　それも青い騎士が使ってたみたいな由緒正しい奴！」

アリサが食いついたのは、虚数パイルバンカーの仕組みを武装に応用した奴だ。

「マスター、これはどういう道具ですかと問います」

「これは結界や魔法障壁を破壊する為の道具だよ」

「試してみたいと告げます」

オレがそう答えるとナナが無表情で目を輝かせた。

さっそくナナの黄金鎧の腕部マウントに、パイルバンカーを装備する。

「アリサ、隔絶壁を」

「おっけー！　わたしのバリアを貫けるかしら？」

おちゃらけながらもアリサの張る隔絶壁は強靱だ。

「――パイル、バンカーと告げます！」

ナナが腰の入った構えから、隔絶壁にパイルバンカーを撃ち込んだ。

激しい火花が散り、刹那（せつな）の間拮抗（きっこう）したが、すぐにガラスが砕けたような音を立てて隔絶壁が砕け散った。

「おおっ、やるじゃない」

「イエス・アリサ。快感だと告げます」

ナナのリクエストを受け、アリサが何度か隔絶壁を張り直す。

ナナはよほど気に入ったのか、用意してあったパイルバンカー用の炸薬（さくやく）が尽きるまでそれを繰り返した。

ナナが気に入ったようだし、有用そうなので、彼女の黄金鎧に正式採用するとしよう。

「弾切れかー」

「残念と告げます」

パイルバンカーを外したナナが動きを止める。

「どうした？」

「マスター、黄金鎧がエンプティーだと訴えます」

「あれ？　魔力切れ？」

パイルバンカーは思ったよりも魔力消費が激しいらしい。

とりあえず、ナナの黄金鎧に魔力をチャージしておいてやろう。

「今度は何を試すのですか？」

「次は、これだよ」

リザに問われて「魔喰(く)い」装置の試作品を取り出す。

これはマキワ戦争――マキワ王国と鼬(イタチ)帝国の戦争で使われた「魔喰い」――魔力中和装置の残骸(ざんがい)を基に開発したオリジナルの魔力中和装置「魔喰い・改」だ。

あの時は飛空艇の聖樹石炉が停止して墜落したり、魔法が使えなくなったり、魔法道具(マジック・アイテム)が使えなくなったりして、なかなかピンチだった。

この「魔喰い・改」は鼬帝国に対する対抗手段を持つと同時に、「魔喰い」に対する対抗手段を模索する為に開発したのだ。

「どうかな?」

さっそく「魔喰い・改」を発動し、皆に魔力中和空間を体感してもらう。

「身体の外に出す魔法は霧散しちゃうわね」

「ん、精霊も」

「身体強化も集中を切らすと効力を失うと告げます」

アリサ、ミーア、ナナの三人が感想を口にする。

「気合いを入れれば、魔刃を維持するのはできそうですね」

リザは魔槍(まそう)ドウマにうっすらと魔刃を出してみせた。なかなか器用だ。

「にゅにゅにゅ～？　タマはできない～」

「ポチにも魔刃さんを維持できないのです」

タマとポチには無理らしい。

まあ、普通は無理だよね。

「気合いが足りません。こうグッとしてググググッとねじり込むようにするのです」

「こんな感じ～？」

「なんだかできそうな気がするのです！」

マジか。さっきの説明でコツを掴めたのか、タマとポチも魔刃を出した。

そういえば、二人もリザと同じ感覚派だったっけ。

「うにょんとして、にゅにゅにゅにゅにゅっとする～」

「ごりゅっとして、ドドドドドなのですよ！」

——うん、分からん。

魔力視を使って獣娘達のやり方を分析してみる。

最初に、大きく魔力を出して剣を包み、それが魔力中和されるまでの間に、密度を上げた魔力で強固な魔刃を形成する感じのようだ。

「天駆も瞬間的に出し続ければ——飛べない事もないね」

リザ達のやってるコツを応用したら、不安定だけどギリギリ跳べる感じだ。

もっとも三〇メートルほど跳ぶのがやっとだから、飛行できるってほどじゃない。

「さすがはご主人様です。私はまだ空歩には応用できていません」

「ポチもダメなのです」

「タマもスカスカ～？」

リザとポチは勢いよく蹴りすぎて上手くいっていないようだけど、タマの方はもう一歩っていう感じだ。

魔力中和空間での試行錯誤は獣娘達に任せ、他のメンバーは少し離れた場所で他の新装備を試す。

ポイッと投げた小さなアイテムが、急膨張して岩のような物体に変わる。

「岩？」

「ノー・ミーア。あれはテントだと告げます」

「正解、魔力を使わない自動展開式のテントだよ」

これはユニット配置の転移先に使えるアイテムだ。

「ポイポイ・テントね！　昔、漫画で見たわ！」

アリサが嬉しそうに言う。

まあ、あの漫画ほど小型化はできなかったけど、発想の元ネタはアレだ。

あまり使い道はないと思うけど、潜入任務とかでお手軽にユニット配置先を構築したい時に備えてみた。ちなみに、ひな形はエチゴヤ商会のアオイ少年が作った夜営グッズだったりする。

「こっちは新しい飛行ユニット？」

「闇晶珠を使った重力制御ユニットだよ」

これも次元潜行機構と同じくエチゴヤ商会の研究所産の技術を流用した。

ユニットに付いたジョイスティックを前後に動かすと、上昇下降を行う。

「上下しか移動できないのね」

「『浮遊』の魔法みたいな感じだと評価します」

「自在に飛行するのは操作が難しいんだよ」

操作をミスると横方向に落ちて、どこかに激突してしまう危険がある。

まあ、そのへんは「飛行」でも一緒だけどね。

「ジョイスティックをもう一つ足したら？　そっちは平面に対して右旋回、左旋回、前進、後退だけにするの」

なるほど、それなら操作は簡単そうだ。

「一度、試作してみるよ」

メニューのメモ帳に覚え書きをしておく。

「そういえばマキワ王国の遺跡で手に入れた神石の増幅器の方は？」

「あっちは調整に苦戦中だ」

マキワ戦争後に手に入れた神石を嵌め込んで使う増幅器は、なかなかのじゃじゃ馬で既存のキャッスル装置との連携が上手くいっていない。

「ご主人様でもダメか～」

「今はアーゼさん経由で、ケーゼさんとサーゼさんに現物を預けて研究してもらってるよ」

ケーゼさんとサーゼさんは、研究好きなブライナン氏族とベリウナン氏族のハイエルフ達だ。

こういった試行錯誤を繰り返す研究が非常に得意なので頼らせてもらった。

「遺跡っていえば、神石や対神兵装の新情報はなし？」

「問い合わせの回答待ちかな」

マキワ王国で戦争に巻き込まれたのも、エピドロメアスに対抗する為の神石や対神兵装を求めてスィルガ王国や繁魔迷宮を訪問していた時だった。

残念ながら、どちらも発見できなかったが、その代わりに神石の増幅器を発見できたので、トータルではプラスだと思う。

「魔喰い以外の鼬帝国の兵器は転用しないの？」

「兵器って戦車とか戦闘機か？　あれは神々の禁忌に触れそうだから外には出さないよ」

戦争で鹵獲した戦車や戦闘機は、マキワ王国に有無を言わせず全て接収してストレージに収納してある。

跨乗兵が持っていた銃は、何丁かマキワ王国に譲渡してあるが、この世界で銃は過去に淘汰された武器なので問題ないと思う。禁忌に触れそうなのは、鉄道や産業革命に繋がりそうな内燃機関や量産可能な通信機の存在だ。

「ネズたん達の様子はどう？　何か変わりはあった？」

「いや、特に変化はないよ」

魔王化したものの理性を取り戻したネズと偽使徒ケイの転生者二人は、マキワ戦争の終わりに鼬帝国の皇帝に拉致された。向こうの言い分だと「保護」らしいのだが、二人を連れ去ったやり方がちょっと強引だったので、こうして時折、マップのマーカー一覧を眺めて確認しているのだ。

「マスター、そろそろ時間だと告げます」

そんな事をつらつらと考えていたら、ナナに腕を突(つつ)かれた。

——時間？

「そういえば、エマさんのところの夜会に行くって言ってたっけ？」

「イエス・アリサ。私が同伴出勤するのだと告げます」

うん、ナナ。その表現は間違っている。

それはともかく、そろそろ準備をしないといけないので、今日の実験は終わりにして、シガ王国の王都邸に帰るとしよう。

◆

「サトゥー様」

夜会の会場で主催者のリットン伯爵夫人を捜していると、可憐(かれん)な声がオレを呼び止めた。

振り返ると、そこにはピンク色の髪をしたルモォーク王国のメネア王女がいた。

貴族らしい時節の挨拶(あいさつ)を交わし、彼女の妹の件でお礼を言われた後、お互いの近況の話になる。

「そういえば、サトゥー様、お一人ですの？」

「パートナーにナナを連れてきたんですが……」

ホールに移動する途中に来賓の子供達と遭遇し、いつものように「幼生体」の虜(とりこ)になって子供部屋から離れなくなってしまったので、ホールには一人でやってきたのだ。

「まあ、そうでしたの。でしたら、私がパートナーを務めさせていただきますわ」

メネア王女がそう言って、オレの腕に繊手を絡めた。

「メネア様もお一人で来られていたのですか？」

「ええ、今はリットン伯爵邸で社交の勉強をしていますの」

リットン伯爵夫人は王都の社交界で絶大な影響力を持つ。彼女から学べる事はとても大きいだろう。社交的なメネア王女に向いている。

——とはいえ、誰でも弟子入りできるわけではない。

「もしかして、リットン伯爵家に嫁がれるのですか？」

「まあ、サトゥー様ったら！　私はサトゥー様一筋なのに酷いです」

メネア王女がギラリとした目でオレを見上げる。

なんだか狼に狙われる小動物みたいな気分になるので止めてください。

「ははは、それは光栄ですね」

「もう、またそうやってはぐらかす」

メネア王女がぷんぷんと擬音が見えそうな顔で頬を膨らませ、するりとオレの腕を胸に抱き込んだ。

柔らかい感触が素敵だが、ちょっとスキンシップ過多なので、やんわりと引き剥がす。

「楽しそうですわね」

話に入ってきた美女は、本日の夜会のホストであるリットン伯爵夫人だ。

「リットン伯爵夫人、ご挨拶が遅れて申し訳ありません。本日はお招きいただき――」

「そんな他人行儀な挨拶はいいわ。私の事はエマでいいと言ったはずよ？」

リットン伯爵夫人が魅力的な笑顔で微笑んだ。

「はい、エマ様」

そう言い直すと、リットン伯爵夫人が満足そうな顔になった。

「今度は東方諸国に行ってらしたの？」

話題がオレの仕事の話になったので、キウォーク王国からマキワ王国まで各国を回った話をする。

「鼬帝国とマキワ王国の戦争には巻き込まれなかったでしょうね？」

「――もちろんです。私が行ったのは戦渦に巻き込まれた人達への支援だけですよ」

オレは詐術スキルを頼りに、表向きの行動を伝える。

サガ帝国の新勇者達とマキワ戦争終結に動いたのは、謎の蜥蜴人「ウーティス」とその仲間達だからね。

「――奥様」

侍女さんがリットン伯爵夫人に歩み寄って耳打ちする。

どうやら彼女が対応しないといけない人物が来訪したようだ。

「ごめんなさい、ちょっと失礼するわ。あとはメネア殿下にお任せするわね」

リットン伯爵夫人はそう言って、侍女と一緒に屋敷の中に戻っていく。

『まったく――』

聞き耳スキルが二人の会話を拾ってきた。

『――招待状も出していないのに、どこで聞きつけてきたのやら』

『奥様、ご用心を』

侍女は言葉少なに口元を隠すジェスチャーをする。

『そうね。口は災いの元って王祖様語録にも書かれていたものね』

二人の会話からして、件(くだん)の客はあまり歓迎されていない相手のようだ。

「どうやら、困った方がいらしたみたいですね」

「うふふ」

オレがそう言うと、メネア王女が堪(こら)え切れないといった風に笑う。

「違いましたか?」

「いえ、合っています。でも、その困った方のお目当てはサトゥー様ですよ」

「私、ですか?」

そう問い返してから、「魔王殺し」としてムダに名前を売ってしまっている事を思い出した。

今日も王都邸を出る時に、アイドルみたいな「出待ち」をされていたっけ。宰相閣下が衛兵の巡回頻度を上げてくれているから、一時期よりは大分減ったんだけど、それでもまだ熱心な野次馬がうろうろしているんだよね。

「他の方々もサトゥー様と話したくて、うずうずしてらっしゃいますよ」

メネア王女に促されて視線を巡らせると、こっちを見ていた大勢と目が合った。

――なるほど。

「さあ、一緒にご挨拶回りに参りましょう」

メネア王女に促され、夜会の参加者達に挨拶して回る。

リットン伯爵夫人主催の夜会だけあって、いきなり縁談を申し込んできたり勝負を挑んできたりするようなぶしつけな者はいなかったが、家に遊びに来ないかとか別のお茶会や夜会のお誘いとか遊びの誘いなどは色々とあった。

紳士の中にはこっそりと夜の遊びに誘ってくれる人もいたのだが、メネア王女が一緒だったので無難な態度で断った。ぜひとも、また今度、オレが一人の時に誘ってほしい。

「凄い人気でしたわね」

「そのうちに飽きてくれるといいんですが……」

一通り挨拶をして回り、空いていたバルコニーの一つに移動して休憩する。

メネア王女は歩き回って疲れたのか、バルコニーに設えたベンチに腰を下ろした。

夜風に身を委ね、メネア王女が艶っぽい仕草で髪を掻き上げる。

近くのバルコニーにいたカップルの男性が、メネア王女に見惚れてグラスを落とし、一緒にいた恋人らしき女性に怒られていた。

「少し暑いですわね」

メネア王女が広く開いた胸元に、扇でゆるゆると風を送る。

まるで、オレに見せつけるような仕草だ。

「何か冷たいものでも貰ってきましょう」

オレは無表情スキル先生の助けを借り、彼女のアピールに笑顔だけを返してバルコニーを離れる。

「――ペンドラゴン卿は手強いわね」

ホールでメイドから冷たい飲み物を貰ってバルコニーに戻ると、メネア王女が誰か貴族女性と会話していた。

あれはシガ八剣の「銃聖」ヘルミーナ嬢だ。

「それがサトゥー様の魅力の一つですから」

「ふーん。もしかして、エマ様に取り入ったのもペンドラゴン卿を振り向かせる為なの？」

メネア王女がリットン伯爵夫人から社交について学ぶ事を選んだ理由は、オレも気になるので、足を止めて聞き耳を立てる。

「取り入ったなんて言い方は心外です。私はエマ様から社交について学ばせていただいているだけです」

「ペンドラゴン卿とは関係ない、と？」

「いいえ、それは否定しません」

――あれ？　オレと関係あるのか？

「私にはカリナ様のような武勇も、ゼナ様のような魔法も、セーラ様のような聖なる力も、システィーナ王女のような知識も、ヒカル様のような人脈もありません」

メネア王女が挙げた人物は特に誰とも恋仲ではないのだが、盗み聞きしている立場的に、ここで割って入って否定するわけにもいかない。

「唯一の取り柄である美貌も、意中の相手には届かないようですし……」

メネア王女が言葉を切って、少し間を空けてから続きを口にする。

「ですから、私は社交を――」

「よう、サトゥー！　盗み聞きか！」

元気の良い声でオレの背中を叩いたのは、シガ八剣の「草刈り」リュオナ女史だ。

メネア王女達の会話に集中していたとはいえ、オレの背後を取るとはさすがはシガ八剣だね。

「サトゥー様⁈　もしかして、今のをお聞きに？」

「すみません、内容的に出るに出られず……」

メネア王女が真っ赤な顔になって、口元を両手で覆っている。

「サトゥー、これは口だけの謝罪では収まらないわよ」

「だな、誠意って奴を見せないとだぜ」

ニマニマとした顔で、ヘルミーナ嬢とリュオナ女史に煽られる。

最終的に――。

「サトゥー様、お詫びに一緒に観劇してください。それで許してあげます」

――と、メネア王女が言ってくれて、今回の一幕は決着となった。

観るのが「魔王殺しのペンドラゴン」を題材にした劇なのは、わざとじゃないと思いたいね。

「ご主人様、おかえりなさいませ。王城より召喚状が届いております」

夜会を終え、王都邸に戻ったらリザが手紙を渡してくれた。

「――召喚状？」

リザから受け取った手紙は、宰相からで「サガ帝国からの使者が面会を求めている」といった内容が書かれていた。

「サガ帝国の使者か――今度はなんだろう？」

面会日は明後日みたいなので、明日の観劇予定は変更しなくて大丈夫そうだ。

◆

メネア王女との観劇は羞恥心との闘いだった。

自分が主役の劇という事で、ある程度の覚悟はしてあったが、その覚悟をもってしても正視できないほどの美化されまくった内容だったのだ。

詳しい内容は思い出したくないので割愛するが、オレ以外の人間には好評だったらしく、劇の最中に興奮したメネア王女がいつも以上にスキンシップ過多で対処に困った。

もしかしたら、ヘルミーナ嬢達に何か焚き付けられていたのかもしれない。

終演後はオレを見つけた観客や貴族達に囲まれる一幕もあったのだが、それはメネア王女が匠の技で捌いてくれた。ちゃんと相手に好印象を持たせる風だったのは、リットン伯爵夫人の下で修行をしている成果だろうか？

そんなヘビーな観劇の翌日、オレはサガ帝国の使者と面会するべく、王城を訪れていた。

「――料理を作ってほしい？」

宰相立ち会いの下に会ったサガ帝国の使者は、要約するとそんな事を宣った。

「貴公らはシガ王国の上級貴族を馬鹿にしておられるのかな？」

「め、めっそうもない！　そのような意図はございません」

宰相がこめかみの血管を浮き上がらせながら使者を詰問する。

そういう反応は予想していたようだが、言われたオレ本人ではなく宰相がマジギレするとは思わなかったのだろう。

「では、どのような意図だ。我が国の上級貴族を顎で使うような真似をしたのだ、返答如何によっては、貴国との関係も考え直さなくてはならんかもしれぬ」

おおぅ、そこまでですか。

にわか貴族のオレとしては、「ふ〜ん」くらいの感じだったけど、宰相の反応を見る限り、オレ個人の問題だけではなくシガ王国の体面の問題に発展しそうな感じだ。

これまでに「奇跡の料理人」として何度も料理を振る舞ってきたんだけど、それとこれとは意味が違うらしい。宰相が言ったように「我が国の上級貴族を顎で使うような真似」の部分がアウトだったのだろう。

「お、お待ちを！　ご無礼の段、平に平にお詫びいたします」

サガ帝国の使者が平身低頭で詫びる。

歴代勇者の影響か、ジェスチャーがシガ王国よりも日本っぽいんだよね。

「貴公が詫びるべきは、ペンドラゴン子爵であろう」

宰相が「もっと怒れ」とアイコンタクトしてくるので、頑張って不快な表情を作る。

「ペンドラゴン子爵、ご無礼を平にお詫びいたします」

すぐに謝罪を受け入れようと思ったのだが、宰相が「待て」とアイコンタクトで伝えてきたので、少し焦らしてから謝罪を受け入れた。

「それで、私に料理人をせよという話はどういう意図があったのでしょう？」

謝罪を受けた事をほじくり返す気はないのだが、ちょっと気になったので尋ねてみた。

「実は……」

使者が散々迷った末に口にしたのは、魔王討伐の為にデジマ島に向かった勇者達が——。

「——ホームシックですか？」

「はい、故郷が恋しくなってしまったようでして」

新勇者四人には会った事があるが、いずれも中学生くらいの子達だったので、故郷が恋しくなっても不思議ではない。

「ペンドラゴン子爵はサガ帝国の旧都でメイコ様を始めとした勇者様方に、故郷のお菓子を振る舞われ、さらには先代勇者ハヤト様の魔王『砂塵王』討伐の折には、勇者の国の郷土料理を振る舞われたと聞き及んでおります」

使者はオレではなく宰相に聞かせるようにそう付け加えた。

「宰相閣下――」

「ぐぬぬ、鼬帝国はいかん。年末から年始にかけての赤縄事件を忘れたか？　あの事件の黒幕は鼬帝国だぞ？」

あれ？　限りなく黒に近いグレーじゃなかったっけ？

オレがシガ王国を離れている間に、何か新しい決定的な証拠でも見つかったのかもしれない。

「先だっても、マキワ王国と戦争をしたばかり。鼬帝国はいかん」

宰相は大事な事とばかりに「鼬帝国はいかん」と念を押した。

現代的な戦車や戦闘機を使う鼬帝国とマキワ王国の戦争を、新勇者達や転生者のネズとケイらと共に止めに動いたのは記憶に新しい。

オレとしても、キナ臭い場所に近付くのは遠慮したいのだが、それはそれとして、ほぼ同郷の子供達が異境の地でホームシックにかかっているのを放置するのは忍びない。

古竜大陸へ行くのが先延ばしになるけど、別にすぐに行かないといけないわけでもないし問題ないだろう。

そんなオレの心情に気付いたのか、使者がオレの援護射撃をするように宰相に訴える。

「勇者様達が万全の態勢で魔王に挑む為にも、ぜひともご検討いただけないでしょうか？」

「ぐぬぬ……」

勇者からの要請を断るのは体裁が悪いのか、宰相も即座に断る事ができずに唸る。

「……やむを得ん」

宰相が断腸の思いと言いたげな顔で口にした。

「ペンドラゴン子爵の鼬帝国への派遣を許可しよう――ただし！　ただし、戦闘への参加は許可せぬ。危険な場所には近寄らず、まっすぐ帰ってくるのだ。良いな？」

後半のセリフはオレに向かってだ。

貴公はシガ王国になくてはならぬ身、絶対に無事な姿で戻ってくるのだぞ、と念を押された。

◆

三日後、オレは仲間達と一緒に、鼬帝国のデジマ島で勇者一行に食事を振る舞っていた。

ここは離宮――デジマ島の総督府から勇者一行に割り当てられた宿舎だ。

「ビッグヤクドのセット。サイドメニューはポテトとジンジャーエールです」

「牛丼お待ち～？」

「チキンナゲットさんもいるのですよ！」

「ケーキセットとチョコパフェ」

「レッドキャップ風クォーターピザを運んできたと告げます」

初めは勇者ハヤトに振る舞ったような、日本食を提供したのだが、今ひとつ反応が悪かったので、彼らがリクエストしたジャンクフードやスイーツ類に変更した。

運ぶのはファミレスの制服を身に纏（まと）った仲間達だ。異世界感は薄れるけど、実に可愛い。

「コーラーないの？」

「コーラーは残念ながら」

「ないならジンジャーでもいいか」

「セイギ、いらないいなら俺が貰うぞ」

「いらないなんて言ってないだろ！　こら！　お前は牛丼と天丼があるだろ！　ボクのハンバーガーまで取るな！」

そう賑（にぎ）やかにしているのは、探索系のユニークスキルを持つ勇者セイギと魔法使い系のユニークスキルを持つ勇者ユウキだ。二人はハンバーガーセットと丼モノをリクエストした。

「メイコちゃん、パフェを一口ちょうだい」

「良いわよ。その代わり、ピザを一切れ貰うわ」

接近戦で無類の強さを誇る勇者メイコはケーキとパフェ、今ひとつ印象の薄い勇者フウはピザが希望だった。

「皆、元気ね。本当にホームシックだったのかしら？」

アリサがお盆を片手に嘆息する。

「うふふ、ホームシックだったのは本当ですよ。あんなに賑やかなメイコちゃん達は久しぶりに見

ました」

そうお淑やかに言ったのは、ストレートロングの黒髪をした高校生くらいの勇者ソラだ。異世界では珍しいメガネがよく似合っている。

マキワ王国ではいなかった彼女も、今回は合流したらしい。

「ソラ様は焼き鮭定食で良かったんですか？　他の料理も色々と作れますよ？」

「いえ、せっかく作っていただきましたし、日本で食べたのより美味しいです」

彼女は良いところのお嬢さんだったみたいで、椅子に座る姿勢もいいし、箸の使い方が上手い。

この食事の席にいるのは前述の五人の勇者と、それぞれの従者が各一名、他にサガ帝国の皇子と側近が二名だ。

「このような質素な食事を勇者に振る舞うとは――」

皇子の発言にアリサが柳眉を逆立てる。

アリサが口を開くより早く、オレの片手が彼女をホールドし、もう片方の手がその口を塞ぐ。

「殿下、豪勢な食事が常に最高の食事とは限りませんよ」

そう言ったのは勇者ソラだ。

おっとりしたお嬢様かと思ったけど、凛とした顔で発言する横顔は勇者の称号に相応しい凛々しさがある。

「ふん、私には分からぬな」

皇子は偉そうな態度で席を立ち、側近達を率いて出ていった。ジャンクフードは口に合わなかったようだ。出る時に「お前達はそのまま食事を続けろ」と言っていたが、ソラ以外の勇者は誰も聞いていなかった。

「そうだ。私、ペンドラゴン子爵さんにお礼を言わないといけないんだった」

皇子が退出するのを見送っていた勇者ソラが、箸を置いてオレに向き直った。

「ヨウォーク王国で、リクとカイを助けてくれてありがとうございます」

勇者ソラが言う「リクとカイ」とは、彼女達と一緒にサガ帝国で召喚された勇者達だ。

リクが赤い髪のリーゼントがトレードマークの格闘勇者、カイは糸目が特徴的なスピード極振りタイプの勇者だ。

「お二人とは仲が良いのですか？」

前に中学生勇者四人と会った時は、勇者リクや勇者カイの話題はほとんど出なかったんだよね。

「はい、幼馴染みなんです」

そう言う勇者ソラから二人との思い出を色々と聞かされた。

幼馴染みエピソードを簡単に纏めると、勇者リクがやんちゃをして、勇者カイがサポートし、勇者ソラがストッパーになったり後始末をしたりする関係らしい。

聞いた感じ、どちらかの恋人という風でもないようだ。

「ソラさんが合流したという事は、デジマ島に魔王がいたんですか？」

「はい、デジマ島の夢幻迷宮に――」

「間違えるな！　合流したのは他の四勇者達だ！　元々はソラ様が夢幻迷宮の調査担当だったのだ

ぞ！」

勇者ソラの従者が、彼女を遮ってそう主張した。

「テンゼンさん、その言い方は失礼ですよ。すみません、ペンドラゴン子爵さん」

「気にしていません。それと、私の事はサトゥーで結構ですよ」

「分かりました、サトゥーさん」

「ちょっと！　今度はソラ先輩狙いなの⁈」

アリサとミーアの鉄壁ペアよりも早く、オレと勇者ソラの間に割り込んできたのは、ほっぺたにチョコクリームを付けた勇者メイコだ。

「誤解です。狙ってなどいませんよ」

勇者ソラも勇者メイコも可愛いとは思うが、どちらも年齢的にオレの守備範囲外だ。

「そうそう、ご主人様にはわたし達がいるんだから」

「ん、割り込む余地なし」

アリサとミーアがオレの左右からくっついてくる。

それを見た勇者ソラが「まさか、ロリコン？」なんて呟くのを聞き耳スキルが拾ってきた。そういう事実無根な風評被害はお止めください。

「なになに、なんの話？」

「メイコ！　こっそり喰いたいモノをリクエストするのはズルいぞ」

「えー、どんなのをリクエストしたの？」

残りの三勇者達がこっちに来た。

「別にそんな話はしてないわよ」

勇者メイコが雑に手をパタパタさせて、勇者ユウキ達を追い払おうとする。

「えー、本当にー？」

「本当ですよ。サトゥーさんに尋ねられたのは、夢幻迷宮に現れた魔王の件です」

勇者ソラが疑い深い勇者セイギに訂正してくれた。

これでようやくその話が聞けそうだ。

◆

「魔王はボクが見つけたんだ」

魔王の話が始まった途端、勇者セイギが自慢げな顔で言った。

「それは凄いですね。ユニークスキルを使われたんですか？」

「そうだよ。ボクのユニークスキル『邪悪探(わるものはどこ)――』」

「――セイギ」

迂闊(うかつ)にユニークスキルについて語ろうとした勇者セイギを、太鼓腹従者(ワァトソー)が穏やかな声で制した。

「そうそう、ユニークスキルについては言っちゃいけないんだったっけ。ペンペンの口の上手さについ乗せられちゃったよ」

いやいや、オレは使ったかどうかしか聞いてないし。

「どんな魔王だったの？」

アリサがオレの横から話を急かした。

その左右には、興味津々に目を輝かせたポチとタマがスタンバイしている。

「それがさ、夢幻迷宮にいたのは、鼠の魔王だったんだよ」

「ユウキ君、鼠人の魔王だよ」

「え？　もしかして魔王ってネズたんの事？」

勇者ユウキと勇者フウの発言に、アリサが驚きの声を上げた。

オレは素早くマップを開いて、マーカー一覧にあるネズの現在位置を確認する。この間確認した時は鼬帝国の帝都にいたのだが、現在位置は「マップの存在しない空間」になっている。少なくとも夢幻迷宮じゃないどこかだ。

「ケイは一緒にいましたか？」

ネズと一緒にいるはずのケイも、ネズと同じく「マップの存在しない空間」にいる。

「いや、いなかった」

勇者セイギが断言する。

「――っていうか、あれはネズじゃないよ」

「そうそう、前みたいにロボに変身するんじゃなくて、フルアーマー巨大鼠みたいな感じだった」

「別人みたいに凶暴だったし、話をする暇もなく全力攻撃されたし」

勇者セイギと勇者ユウキが鼠魔王と戦った印象を語る。

「ユウキ、セイギ、信じたくない気持ちは分かりますが……」

「鼠人の魔王がそう何人もいるとは思えません」

翼人従者と太鼓腹従者の二人は、鼠人の魔王＝ネズと考えているようだ。

「でもさ、違う魔王だって考えた方が気が楽じゃない？」

勇者フウが暢気な口調で言う。

まあ、確かに知り合いと戦うのは嫌だろう。

「それにあの魔王ってさ、攻撃オンリーだったけど、あんまり強くなかったよね？　ユウキ君の火力に押されてたし、メイコちゃんがあと一歩まで追い詰めてたもん」

「あのピエロさえ現れなければ、今頃、私は魔王を倒して元の世界に戻れてたのに……」

勇者メイコが悔しそうに唇を噛み締め、暗い顔で立ち上がる。

「……メイコちゃん」

彼女はそのまま心配する勇者フウに反応する事なく部屋を出ていく。

「メイコ様、どこへ？」

「ちょっと外の空気吸いに行ってくる」

勇者メイコの従者であるイケメン神官がついていこうとしたが、「来ないで」の一言で追い払われる。

扉のところで振り返った勇者メイコが「私の分、ちゃんと残しておいてよ」と注文を付けて姿を消した。

それほど思い詰めている感じじゃないみたいだ。ちょっと安心だね。


「ねぇねぇ、メイコたんの言ってたピエロって何？」

「なんかピエロの格好をした魔族がわらわら現れたんだよ」

「魔王のピンチに駆けつけた感じ？」

今回の魔王は魔族とセットなのか。場合によっては魔王より魔族の方が厄介な事もあるし、夢幻迷宮の見物に行ったら「全マップ探査」の魔法で確認しておかないとね。

「あのピエロは本当に強かったよな」

「うん、せっかく作った補給基地もピエロ達の奇襲で潰されちゃったし」

「そうね。私の後衛もピエロ魔族の奇襲で大きな被害を受けたわ」

「後衛だけじゃないよ。ルドルーもボクを庇って大怪我したし」

勇者セイギの言う、ルドルーは彼の従者であるサガ帝国の侍で、勇者ハヤトがパリオン神国の魔王「砂塵王」退治をした時に、オレ達と一緒に轡を並べて戦った人物だ。

その発言に、ルドルー氏と仲の良かったタマとポチが反応した。

「にゅ！」

「ルドルーが怪我をしたのです？」

おろおろとして部屋を飛び出そうとしたタマとポチを、左右の手でホールドする。

「ご安心ください。ルドルーは無事ですよ」

太鼓腹従者が柔和な顔で二人に言う。

「後でお見舞いに行こう」

ポチとタマにそう声を掛けたところ、それは無理だと太鼓腹従者に言われた。

なんでも、今回の一件でルドルー氏やカゥンドー氏を始めとした従者の半数が、肉体欠損を伴う重傷を負って、サガ帝国へ後送されてしまったらしい。

「ですので、サガ帝国で治療を終えて戻るまでお待ちください」

戦力外通告されて従者を外されたとかじゃなくて良かった。

もしそうなら、サガ帝国まで上級の体力回復薬を届けに行くところだったよ。

「上級魔法薬の備えはなかったの？」

「もちろん、あったに決まっている！」

「サガ帝国を愚弄するか！」

アリサの問いに、他の従者達が激昂した。

「皆さん、落ち着いて。子供の言う事ですよ」

「もちろん、上級魔法薬の備えはあったわ。でも、数度に亘る魔王や魔族との激戦で、サガ帝国から持ち込んだ魔法薬が尽きたのよ」

太鼓腹従者が間に入って宥め、翼人従者がアリサに状況を説明してくれる。

「魔王との遭遇は一度ではなかったのですか？」

「うん、魔王とは三回」

「ピエロとは七回くらいだな」

勇者セイギと勇者ユウキが質問に頷く。

なるほど、それなら魔法薬のストックが尽きても不思議じゃない。現在は補給物資と増援待ちとの事だ。

「三回目は惜しかったよね」

「ああ、ヤバヤバなピエロが来なきゃ、魔王を倒してた」

「あー、あいつはマジでヤバかった。ルドルーがいなかったら、殺されてたよ、ボク」

「相手が遊び半分でなければ、私達は今ここにいる事はできなかったでしょう」

勇者四人の発言に、従者達も同意を示す。

彼らが言う「ヤバヤバなピエロ」というのは、レベル六一もある上級魔族だったらしい。鼠魔王がレベル五〇だったそうなので、今回は上級魔族の方が危険なパターンみたいだ。

「次はいつごろ魔王討伐に行くの？」

「物資が届くのを待って、だから――ミカエル、どのくらいだっけ？」

アリサに問われた勇者ユウキが、翼人従者に話を振った。

「サガ帝国からの補給物資や増援は当分先ですが、鼬帝国の総督から融通していただける事になったので、二、三日後には探索再開が可能です」

「それだけど、ミューカ殿。私はサガ帝国からの増援を待った方がいいと思うんだ」

翼人従者の答えを聞いた太鼓腹従者が、苦言を呈した。

「それはできません」

「だな～」

「そんなに待ったら、メイコちゃんが一人で突撃しちゃうもんね」

「確かに」

勇者メイコの従者が太鼓腹従者の発言を否定すると、勇者ユウキ、勇者フウ、勇者セイギの順で彼の発言に同意した。

「ペンペンも一緒に行こうぜ」

「そうですね……」

勇者達は否定しているけど、件の鼠魔王が本当にネズではないのかも確認したいし——。

宰相には危険な場所には近寄るなって言われていたけど、仲間達の様子を見たら皆一様に行く気満々だったので、勇者ユウキの誘いを了承する。

観光省の飛空艇には長距離魔信が搭載されていて、いつでもシガ王国に連絡できるんだけど、宰相に判断を仰いだら確実にダメだと言われるので、長距離魔信にちょっと細工して故障してもらうとしよう。

「ペンドラゴン子爵が?!」

「それはいい！」

「何を言っている！『魔王殺し』なぞに参加されたら、我が勇者の手柄を取られてしまうぞ」

「それは貴殿の勇者だけだろう——だが、魔王退治に行くのは勇者様と我ら従者だけで十分だ」

翼人従者と太鼓腹従者以外の従者達が難色を示した。

「そうそう、シガ王国から勇者様達に、幾つか支援物資をお持ちしました。ぜひ、魔王討伐にご活用ください」

オレはそう言って、各種上級魔法薬や大量の中級魔法薬を一覧にした補給物資リストを翼人従者に渡す。

「こ、これは……」

「凄い品目だね。私達が最初に持ち込んだ物資に見劣りしない」

翼人従者と太鼓腹従者の二人が、補給物資リストを見て感嘆の声を上げる。

「ど、どんな品目なんだ」

「私にも見せてくれ」

「これだけあれば、増援を待たずとも魔王討伐を再開できる」

「だが、戦力が足りぬぞ。魔王と戦うのは勇者様達と我らだけでもできるが、ピエロどもや迷宮の魔物達までを相手には……」

「それなら、ペンペン達がいる」

「そうそう。リク先輩達も言ってたじゃん。ペンペン達は頼りになるって」

二の足を踏む従者達に、勇者ユウキと勇者セイギがオレ達を推した。

「そ、そうですね」

「うむ、勇者様達が仰るなら」

従者達の掌返しが早いが、オレ達には都合がいいから問題ない。

「では、ご一緒させていただきます」

「わ〜い」「なのです！」

オレがそう言うと、タマとポチを始めとする仲間達も喜んだ。

まあ、まだ迷宮行まで日はあるから、明日は迷宮の下見とデジマ島の観光だね。

デジマ島

〝サトゥーです。学生時代は貧乏旅行で海外を色々と旅しましたが、長くても二ヶ月弱だったので、ホームシックになったり日本食が猛烈に食べたくなったりした経験はほとんどありません。むしろ、帰国してから、食べ慣れた海外食が恋しくなった事の方が多かったですね。〟

昨日の食事のお礼にと、セイギ、ユウキ、フウの三人の勇者達の案内でデジマ島の観光へ来ている。

残り二人の勇者――メイコとソラは自主訓練とかで同行していない。

晴れ渡る空の下、潮風に吹かれながらタマとポチのテンションがマックスだ。

「海（うーみ）ーなのです！」

「青空～」

「なんか日本を思い出すわね」

「シガ王国に比べて、湿度が高いからかな？」

アリサの感想に同意する。

樹海迷宮も湿度が高かったけど、あっちはジャングルっぽい熱帯性の気候だったから、ちょっと違う。

木製の家が多く、昔の日本家屋のような土壁が主流のようだ。

「マスター、現地衣装が気になると告げます」

ナナがオレの服を引っ張り、そんな事を主張した。

ここの衣類は派手な原色が多く、着物風というか作務衣(さむえ)のようなフォルムの服が流行(はや)っているらしい。

「それなら、あそこで売ってるよ」

勇者フウが指さす先に現地服の露店があったので、皆で寄って色々と試着してみる。

生地が薄く通気性の良いモノが多い。一枚だけだと透けるので、要所は重ね着するようだ。

いいね。サラサラした生地が心地いいし、気候に合った良い服だ。

「似合う？」

「イエス・ミーア。マスター、私も称賛の言葉を希望します」

「うん、涼しそうで可愛いよ」

ミーアとナナを始め、皆を順番に褒める。

褒め言葉の語彙(ごい)を試される事になったが、いつもの事なので淀(よど)みなく言葉を紡ぐ。

「さすがハーレム王」

「見習わないとな」

「もー、二人ともそんな事を言ったら失礼だよ」

三勇者がこそこそと話しているのを、聞き耳スキルが拾ってきたけど、思春期の少年達らしい馬(ば)

鹿話(かわ)だったので聞き流した。

「勇者様達も試着してみませんか?」

「そうだな。俺らもジモティーみたいにするか」

「ボクの着こなしを見せてやるぜ」

「更衣室があるなら、ボクも着替えようかな」

仲間達と交代で三勇者が現地衣装に着替える。

皆も気に入ったようだし、露店主が期待の目で見てくるので、全員分の衣装を大人買いしておいた。

もちろん、ここに来ていない勇者メイコや勇者ソラの分もだ。

「それじゃ、現地衣装を着て溶け込めるようになった事だし、本格的に観光に行くわよ!」

「ん、任せて」

「あいあいさ~」

「らじゃなのです!」

アリサの号令に、年少組が威勢良く答える。

「おーい、ちびっ子」

「はしゃぐのはいいけど、あんまり離れるなよ」

「そうそう、デジマ島は治安が悪いからね」

三勇者が年少組に注意する。

「後ろの護衛達はその為に？」

「ボク達じゃ、見かけで舐められちゃうからさ」

リザの問いに勇者セイギが首肯する。

オレ達の後ろには、強面のサガ帝国兵士二人が同行している。どちらもレベル二〇ほどだが、凄く強そうな見た目なので、ごろつき除けには最適な感じだ。

「そういえば従者の人達は？」

「ミカエルはデジマ島の総督府に行ってる」

「ワトソン達は次の出撃準備をやるってさ。フウのところは？」

「さあ？　あの人達が何やってるかよく知らない」

アリサの問いに三勇者が答える。

勇者フウは従者達とあまり上手くいっていないらしい。

「音楽」

ミーアがぽそりと呟いた。

「弦楽器かしら？」

「ん、わくわく」

デジマ島は弦楽器が流行なのか、そこかしこから曲が聞こえてくる。

「良い匂い～？」

「ご主人様！　あっちから良い匂いがしているのです！　ポチは知っているのですよ！」

鼻をすんすんさせていたタマとポチが、何かの匂いを嗅ぎつけたようだ。

――ＬＹＵＲＹＵ。

ポチの楽しげな気持ちに反応してか、彼女の胸元に下がる竜眠揺篭から白い幼竜のリュリュが飛び出してきた。

「うわっ、なんだ？」

「ドラゴン？　どっから出てきたんだ？」

「ちっちゃくて可愛いね。なんて名前？」

リュリュを見た勇者達が驚きの声を上げる。

「リュリュはリュリュなのです！」

――ＬＹＵＲＹＵ。

ポチの頭に着地したリュリュが、自慢げな声で鳴く。

たぶん、注目されて嬉しいのだろう。

「へー、リュリュっていう名前なのか。よろしくね、リュリュくん？　ちゃん？」

「竜に性別ってあるのかしら？」

勇者フウがリュリュの敬称に悩み、アリサが首を傾げる。

そういえば竜のステータスに性別欄がないね。卵を産んでいたし、無性って事はないと思うんだけど、そのあたりの事は気にした事がなかった。今度、黒竜に会ったら尋ねてみよう。

「なあ、こいつって竜の子供だよな？」

「はいなのです。ポチが卵から孵したのですよ！」

「竜の子供って、けっこういるのか？　マキワ王国で会ったウーティスって蜥蜴人の仲間も連れてたぜ」

勇者ユウキの言葉を聞いたポチが固まる。

「珍しいはずですが、勇者ナナシ様の従者にも黄金色の鱗をした幼竜を連れた方がいますね」

「へー、そうなんだな。俺も真っ赤な竜を従えたいぜ！」

詐術スキルが効いたのか、特に疑問にも思わず勇者ユウキが納得した。

まあ、あの時のリュリュは鱗を濃い鼠色に染めていたし、それほど近くで観察できなかっただろうしね。

「それで、ポチ、良い匂いはどっちからだっけ？」

あまり掘り下げられても困るので、話を美味しい匂いの方に戻そう。

「あっちなのです！」

ポチがシュピッと音がしそうな勢いで、一つの方向を指さした。

「それじゃ、行ってみようか。――いいですか？」

「いいぞ、俺達も興味があるからな」

勇者達の同意も取れたので、タマとポチに先導されて匂いのする方角へと向かう。

「ボクの推理では！　この子達が言っているのは、この島の名物料理だ！」

「推理も何も、ここまで来たら俺でも分かるっての」

「うん、貝の焼ける良い匂いがしてるもんね」

三勇者――セイギ、ユウキ、フウが賑やかだ。

醤油(しょうゆ)っぽい匂いもしているけど、これは醤油じゃなくて魚醤だろう。

船着き場の近くに露店があった。器用な手つきで岩牡蠣(がき)を剥(む)いて、炭火で焼いている。露店主は恰幅(かっぷく)のいい海象人(せいうち)だ。

「うわっ、肉厚な岩牡蠣ね。これは美味しそうだわ――牡蠣(オイスター)だけに」

アリサがダジャレを言ってニヤリとした。

中学生勇者達は牡蠣の英語がオイスターだととっさに分からなかったのか、アリサのダジャレが空振りしている。

「むぅ」

貝や魚が苦手なミーアは嫌そうだ。

「お嬢さん、海林檎(うみりんご)はいかが?」

中年の鼠人が、小ぶりの林檎っぽい果実を勧めてきた。

「美味しい?」

「ええ、とっても美味しい果実ですよ」

「このあたりの名産ですか?」

「島の反対側で、海豹(あざらし)人が育てているんですよ」

マップ情報によると、海林檎は海中で育つ不思議な果実らしい。

せっかくなので、全員分を買い求める。

「美味し」

「イエス・ミーア。初夏の気候にマッチしていると称賛します」

確かに美味しい。

ちょっと表皮に塩気があるけど、それが果実の甘さを引き立ててくれる。

こんなのを食べると、蜜たっぷりの「サンふじ」が恋しくなるね。

――LYURYU。

気に入ったのか、リュリュが自分のを食べ終わった後に追加を欲しがったので買い増した。

リュリュが首の鱗を果汁で汚しながら美味しそうに咀嚼し、ポチが甲斐甲斐しくハンカチで拭いてやっている。

「ペンペン、焼けたぞ」

勇者セイギが渡してくれた岩牡蠣をつるんと食べる。

うん、名物料理だけあって、なかなか美味い。もう何個かお代わりしたい感じだ。

「ボクは一個でいいや」

「美味いけど、普通の醤油が掛かったのが喰いたいよな」

「醤油ならありますよ」

「た、助かるぜ、へへっ」

「ありがとうございまっす！」

「わー、やったね」

ルルが妖精鞄から醬油の小瓶を取り出して渡すと、勇者ユウキと勇者セイギが挙動不審になった。

無理もない。思春期の少年達に、ルルの美貌や微笑みは過剰すぎるからね。

勇者セイギが醬油の小瓶を露店主に渡して、岩牡蠣の味付けに使わせている。

「岩牡蠣もいいけど、カキフライも食べてみたいわね」

「分かる。うちの料理人にもリクエストしたんだけど、微妙な感じにしかならなかったんだよな～」

アリサの呟きを聞いた勇者ユウキが同意する。

「カキフライ？　美味いのか？」

「おう！　俺達の故郷の料理だ。メチャ美味いぜ！」

露店主が乗り気になったので、露店の裏手に場所を借りてカキフライを披露する。

「あちち」

「美味え、カキフライってこんなに美味かったっけ？」

「本当だ。美味しいね」

「でりしゃすぅ～」

「ご主人様が作るのはなんでも美味しくなるのですよ！」

三勇者達の反応に、タマとポチが我が事のように誇らしげだ。

「このタルタルソースが最高だぜ」

それはピクルスの他に砕いたゆで卵を混ぜて食感を変えてあるのだ。

「う、美味い。世の中にこんなに美味い料理があったなんて！」

露店主がカキフライを食べて感動している。

「お、俺を弟子にしてくれ！」

「すみません、弟子は取っていないんです。その代わり、これを――」

レシピはあげるから、デジマ島でカキフライを布教してほしい。

「こ、これはカキフライのレシピ？」

「そうです。これを見て、あなたのカキフライを模索してください」

「必ず、あんた――師匠に褒めてもらえるように精進するぜ！」

露店主がレシピの紙を胸に抱いてオレに誓う。

できれば、今度来た時に、デジマ島で独自進化したカキフライを食べてみたいものだ。

オレはカキフライ研究の為に店じまいする露店主と別れ、三勇者や仲間達と一緒にデジマ島の港を見物して回る。

ここはデジマと言いつつも、長崎の出島とは違い洋上に浮かぶ独立した島だ。

大陸東端にある鼬帝国の本土へは、島の裏側から出ている専用の船便で行けるらしい。ちょっと足を延ばしてそっちにも観光に行きたいけど、外国人は総督府発行の許可証がないと乗れないそうだ。自前の船舶での本土入港は禁止らしい。

「楽器屋」

「こっちは変な部品や道具が並んでいるわ」

「面白いふぉるむ〜？」

ミーアが現地の楽器を学んだり、夢幻迷宮の出土品であるゴーレム部品や機械部品を物色したり、タマが前衛的なアートに眉（まゆ）をループさせたりと色々楽しむ。

海林檎と岩牡蠣料理で満足したのか、リュリュは竜眠揺篭に戻ってお昼寝中だ。

「色んな小物があるのね〜」

「イエス・アリサ。キーホルダーを発見したと告げます」

「キーホルダー？　ああ、根付けね。小物入れとかに付けるヤツよ」

アリサとナナが見つけた露店では、様々な根付けが売られていた。

「サトゥー、これ」

「これは……」

根付け売り場の一角に、ピエロを象（かたど）った根付けが売られていた。

それも何種類もだ。

「それは今の流行（はやり）じゃん。若いのがよく買ってくじゃんよ」

鼬人の露店主が胡散臭（うさんくさ）い顔で勧めてきた。

じゃん語尾で怪しげな男だが、ＡＲ表示を見る限り、魔族に憑依（ひょうい）されていない。

勇者達がピエロ似の魔族と遭遇したと聞いていたからといって、少し似たものに警戒しすぎてしまったかもしれない。

「悪趣味なキーホルダーだよな」

「だから、根付けだって」

「同じようなもんじゃねーか」

「悪趣味なのは同意、呪われそうだもんね」

「フウはホラー映画の見過ぎ」

三勇者がピエロの根付けを見て話すのが聞こえた。

彼らも気にしていないようだし、小物にまで過剰反応しなくていいか。

露店主はなおもピエロの根付けを売ろうとセールストークを続けていたが、仲間達の趣味には合わなかったらしく、全然別の可愛い根付けを買っていた。


「ご主人様、あっちに食べ物のお店があるのです！」

早くも小腹が空いたのか、ポチがお腹をきゅるきゅる鳴らしながら露店の一つを指さす。

食品は基本的に海産物、それ以外は値段が高めだ。主食はパンが少なく芋料理が主体らしい。パエリア風の米料理もあるが他の料理に比べると、かなり割高だった。

時間的にお昼時なので、お腹に溜まりそうなパエリアを中心に色々と食べよう。

「ここの米は長細いんだな」

「セイギ君、それは長粒種っていうんだよ」

「具だくさんで美味いな」

「はいなのです。貝さんだけじゃなく、海老(えび)さんや魚さんも入っているのですよ！」

ここのパエリアは米に具材の味が染みていてとても美味しい。

三勇者達や獣娘達も気に入ったようだ。

それはいいんだけど——。

「歯ごたえがいいですね」

「いえすぅ～」

海老の殻くらいはともかく、貝殻までバリバリ食べるのは、ちょっとやり過ぎだと思うんだ。

「ねぇねぇ、あの高台にあるのは、ここの領主のお城？」

「そうだぜ。あの城はデジマ島の総督が住んでる」

アリサの問いに答えたのは勇者ユウキだ。

「とーとく～？」

「トクトク・キャンペーンなのです？」

「違う違う、総督」

「今の総督は鼬帝国の皇帝の弟さんだよ」

首を傾(かし)げるタマとポチに、勇者セイギと勇者フウが教えてくれる。

昨日のうちにシガ王国観光大臣として、総督に面会希望の先触れを出してあるのだが、皇弟殿下は多忙らしく謁見の予定は決まっていない。そのうち、向こうから返事が来るだろう。

「夢幻迷宮は島の反対側にあるのでしょうか？」

「え？　迷宮？　それなら、あの島だよ」

リザの呟きを耳にした勇者セイギが、入り江の向こうに浮かぶ小さな島を指さす。

ＡＲ表示によると、迷宮島という名称の島らしい。マップで見ると、三日月状をしたデジマ島の大きな湾の中央付近に浮かんでいる。

「迷宮島にあるのは、船着き場と魔核(コア)の買い取り所と、夢幻迷宮への入場と退場を記録する管理小屋の三つだけ。迷宮の入り口も一箇所だけだよ」

「もくもく～？」

「お侍様の島みたいなのです！」

「そういえば、黒煙島も火山島でしたね」

迷宮島の中央にある山から上がる白い煙を見て、獣娘達が大陸西方にある侍大将達がいた黒煙島を連想していた。

「火山から火の鳥が飛び出したりしないのかしら？」

「火口の近くは毒の煙が出てて立ち入り禁止だぞ」

「だよね～、ボクらも見物に行きたかったんだけど、火口付近には有毒ガスが出てるから行っちゃダメってワトソン達に釘(くぎ)を刺されちゃったんだよね」

なるほど、火口見物に行くには、防毒マスクか虚空服あたりを装備しないといけないわけか。

食事を終えたアリサから「お花摘み」に行きたいと囁(ささや)かれた。要はトイレだ。

「すまない、トイレを借りられる場所はあるかな？」

「トイレ？　そこらでしたらいいだろ？」

露店主に尋ねたら、ワイルドな答えが返ってきた。

「そういう訳にもいかなくてね」

そう言いながら、女性陣に視線をやる。

「なるほど、それは無理だな。――おい、ハッサン！　警備詰め所の厠(かわや)を貸してやってくれ」

露店主が「全て理解した」と言いたげな表情になり、通りがかった衛兵達の一人に声を掛けた。

「厠だあ？」

「貴族のお嬢さんが困ってるんだよ」

「仕方ねぇな。他国の貴族が人攫(さら)いに遭ったら面倒だ」

衛兵がすぐ近くに見える警備詰め所を指さして、ついてこいと手招きする。

アリサとミーアがトイレに向かい、露店主の勧めでナナが護衛として一緒についていった。

「護衛が必要なほど治安が悪いんですか？」

「ああ、表通りはそうでもないが、人目がない所はヤバい」

「最近は『紅の道化師』って名乗る凶人もいるから、裏通りには近付かんでくれよな」

露店主や衛兵が言うには、冒険者同士や犯罪ギルド同士のいざこざで人死にが出るのはしょっちゅうで、最近では女性や子供が誘拐されたり殺されたりしている事件が、何件も起きているらしい。

マップ検索すると、確かに罪科をステータスに刻まれた者がたくさんいる。幸いな事に、現在進行形で誘拐されているような女性や子供は見当たらなかった。

せっかく検索したんだし、重犯罪者の名前と罪状と現在位置をメモした紙を、親切な衛兵がいる警備詰め所に「物質転送（マテリアル・トランスファー）」の魔法でプレゼントしておこう。さっき衛兵が言っていた「紅の道化師」っていう犯罪集団に所属しているヤツらが何人もいたので、ぜひとも逮捕してほしい。

「ようジャリ勇者、元気にしているじゃん？」

ちょっとした善行を終え、アリサ達が戻るのを待っていると、派手な作務衣（さむえ）の鼬人が気さくに声を掛けてきた。

「イタチ——あの男、できますね」

その鼬人を見て、リザが警戒レベルを上げた。

タマは苦手なタイプだったのか、「にゅ～」と言ってオレの後ろに隠れた。ポチも尻尾を足の間に隠してタマに続く。

「タクヤ兄ちゃん、ジャリ勇者は止（や）めてよ」

そんな緊張感を、勇者セイギの暢気な声が緩める。

——というか、タクヤ、タクヤ？

鼬人の体毛は紫色ではなく黒。見た目は転生者じゃない。

「そっちの人達は初めまして。俺ちゃんは見ての通り鼬人の遊び人、名前はタクヤーモーリって言うじゃん」

——森拓也(もりたくや)、とか？

勇者達とタクヤの会話を聞き流しながら、彼の横にポップアップしたAR表示に目を通す。

「ちゃらいおっさんだけど、メチャ強だぜ」

「おっさん言うな、まだ二十代前半じゃん」

彼はレベル六七の聖堂騎士で、近接系のスキルが充実しているもののユニークスキルは見当たらない。スキル不明でもないし、名前が日本っぽい響きなだけで、転生者ではないようだ。

それにしてもレベルが高い。リザ達よりも少し高いし、あの勇者ハヤトに迫るほどのレベルはなかなかお目にかかれない。

今日は聖堂騎士が非番なのか武装はなく、派手な作務衣を着崩している。

お洒落(しゃれ)なのか、腰帯にピエロの根付けを下げていた。ここに来るまでに何度か身に付けている若者を見かけたし、本当に流行っているようだ。露店主のセールストークを疑って悪かったかもしれない。

「タクヤ兄ちゃんはメイコと正面から斬り合えるんだぜ」

「それは凄いですね」

まあ、このレベルなら勇者メイコ相手に斬り合う事も可能だろう。

観光省の資料を検索して分かったのだが、聖堂騎士というのは鼬帝国版のシガ八剣といったポジションのようだ。

「上司の娘さんに手を出して左遷されたんだっけ？」

「違う、上司の奥さんじゃん」

「うえ～、不倫かよ」

「ジャリどもには分からない、大人の純粋な恋愛じゃん」

不倫はダメだと思う。

「遊んでばかりいるけど、働かなくていいの？」

「そうそう、そんなんじゃ左遷先から戻してもらえないぜ？」

「俺ちゃんはかわいそうな虜囚なんじゃん。クソ陛下が気まぐれを起こさない限り、いつまでも島に閉じ込められたままじゃんよ」

さっきまで飄々(ひょうひょう)とした雰囲気だったのに、微妙に殺気のようなモノを感じる。田舎に左遷された事が不本意だったみたいだ。遊び人みたいな格好も、そんなやさぐれた気持ちの表れかもね。

「タクヤ兄ちゃん？」

「おっと、俺ちゃんとした事が、くそダサい闇が漏れちゃったじゃん、格好悪い」

「えー、タクヤ兄ちゃんはいつも格好悪いじゃんか」

「なんだとこら――お？」

勇者ユウキや勇者セイギと馬鹿(ばか)話をしていたタクヤの視線が鋭さを帯びた。

その視線の先にいるのはルルだ。

「美しいお嬢さん、お名前を――」

タクヤが瞬動でルルの前に移動してアイテムボックスから取り出した花を捧げる。

――花？

ルルを害するのかと思って間に割り込んでしまった。

「うおっ」

驚きの声を漏らして、タクヤが距離を取る。

オレの横で、リザが剣呑な顔でタクヤに槍を突きつけていた。

リザもオレと同じ事を考えて、ルルを守りに動いてくれたようだ。

「おお、怖い怖い」

タクヤが降参のポーズで戯ける。

「美少女ちゃん、今度は怖いお姉さんとお兄さんがいない時に、会おうね」

そう言って、人混みに消えた。

腰帯でピエロの根付けが揺れる。

「なんなのでしょう、あの男は？」

リザが怪訝な顔でタクヤが消えた雑踏を睨み付けた。

鼬人嫌いのリザを宥め、背後に隠れていたタマとポチに声を掛ける。

「どうしたんだい？」

「なんか、苦手～？」

「うにゅ、って感じなのです」

よく分からない。

まあ、オレもあのタイプはちょっと苦手だ。

「ご主人様、お待たせ。なんかあったの？」

「ちょっと変な人に会っただけだよ」

戻ったアリサにそう告げ、気を取り直して皆で観光の続きに戻る。

途中で、オレが転送した重犯罪者リストを受け取った衛兵達が物々しい出で立ちで方々に出かけるのを見た。どうやら、信じて調査に向かってくれたようだ。後は任せておこう。

「マスター、迷宮島の見物もしたいと告げます」

「迷宮島への船着き場なら、そこの桟橋だよ」

ナナの発言を聞いた勇者セイギが教えてくれる。

マップで見ても、ここが直線距離で一番迷宮島に近いようだ。

そのせいか迷宮探索者っぽい格好をした無頼漢の割合が多い気がする。絡んでこようとする馬鹿なヤツらもいたが、リザの眼光とオーラに当てられて、すごすご退散していたので、トラブルにはなっていない。

「こっちからの便はもうないずら」

船着き場の河馬人が、訛りのある鼬人族語で答えた。

なんでも迷宮島へ行く船便は朝に出る便だけらしい。密輸を防ぐ為に、一般の漁船は迷宮島に行けないそうだ。

「まあ、金を積まれても、迷宮島に行く強欲な漁師はいないずら。下手に近付いたら、海の魔物にばくりと喰われちまうずらよ」

迷宮島への船便には、魔物除けの特殊な魔法道具が搭載されているそうだ。

オレは河馬人に礼を言って桟橋から離れる。

「残念だけど、迷宮見物は明日に持ち越しみたいだね」

「イエス・マスター。楽しみは明日に取っておくと告げます」

無表情でしょんぼりとしたナナだったが、マップ検索で見つけた人形屋に連れていったらテンションが戻った。

ここでも可愛いは正義らしい。

夢幻迷宮

〝サトゥーです。学生の頃、鹿児島旅行をした時に、桜島を観光した事があります。残念ながら噴煙立ちのぼる火口は見られませんでしたが、降り積もった火山灰の量に驚いた記憶があります。一人暮らしをしていたせいか、「洗濯を干すのが大変そう」という感想が最初でしたけど。〟

「マスター、迷宮島の船着き場が見えたと告げます」

デジマ島の船着き場を渡し船で出発し、一〇分ほどで黒煙を噴き上げる迷宮島に辿り着いた。

先に出発した勇者ソラ達が、船着き場の近くにある小屋の前で待っている。前に聞いた夢幻迷宮の入場と退場を記録する場所だろう。マップによると、魔核(コア)の買い取り所は小屋の裏手にあるようだ。

ちなみに勇者メイコ達が一番後の予定だ。彼女が先に到着すると、一人で迷宮に突撃してしまうから、その順番になったらしい。

「ザ・荒れ地って感じね」

「ん」

船着き場に降り立ったアリサとミーアが、周囲を見回して言った。

「なんだか変な臭(にお)いがするのです」

「カザンのせ～？」

「イオーの臭いですね。温泉があるのかもしれません」

風呂好きのリザが、凜とした顔に期待の色を浮かべる。

「残念ながら入れる温泉はありません。迷宮の中にある温泉は即死級の熱泉だけですから」

勇者ソラが本当に残念そうに言う。

彼女によると、それらの熱泉は間欠泉のような仕組みの罠に使われているらしい。

「ご主人様、入場手続きがあるそうなので行ってきます」

「待って、ルル。わたしも行くわ」

ルルとアリサが管理小屋に向かう。

オレも行った方がいいんだろうけど、この迷宮島は既に夢幻迷宮のマップ内なので、今のうちに夢幻迷宮の調査をしておきたい。

メニューの魔法欄から「全マップ探査」の魔法を使う。

――魔王がいない？

条件を変えて色々試したが、下級魔族は何体か見つけられるものの、魔王や上級魔族はどこにもいない。おそらくは別マップに隠れているのだろう。

「ご主人様、手続きしてきたわ」

「受付を済ませた人は、この識別票を所持するように言われました」

ルルが鉄製のドッグタグのような識別票を皆に配る。

識別票には五桁の通し番号が刻まれており、帰りに返却する仕組みらしい。

「ネズたんはいた？」

「いや、見当たらない」

マーカー一覧にあるネズやケイのマーカーは、相変わらず「マップの存在しない空間」にいる。

「マスター、後続の渡し船が着いたと報告します」

ナナに言われて船着き場の方を振り返ると、勇者メイコが渡し船の舳先から我先に降りるのが見えた。

「受付は済ませてくれたわね？　行くわよ！」

「せっかちなヤツだな」

「待てよ、メイコ。フウやお前の従者達がまだ船から降りてるところだぞ」

逸る勇者メイコを、勇者セイギと勇者ユウキが止める。

「まったくもたもたしないでよね。私はさっさと魔王を倒して日本へ帰るんだから」

勇者メイコが苛々と吐き捨てるように言う。

そんなに怒ると、ケアレスミスで事故りそうで怖い。後でカルシウムたっぷりのクッキーとミルクを、オヤツに出してやろう。

後続の準備も終わり、皆で迷宮に向かう。

迷宮へは勇者セイギ、勇者メイコ、勇者フウ、勇者ユウキ、オレ達、輜重隊、勇者ソラの順番で進む。それぞれ六人から一〇人ほどの集団なので、全体だと六〇人超えの大所帯だ。

「わくわく、なのです」

「れっつらごー」

ポチとタマは久々の迷宮だからか、とってもハイテンションだ。

「二人とも浮ついた気持ちではいけません。気を引き締めなさい」

「あい」

「はいなのです。ポチはジョジョジョセンジョーで、焼肉定食なのですよ！」

常在戦場で弱肉強食？　今ひとつポチが言いたい事がよく分からない。

「サトゥー」

ミーアがオレの袖を引っ張る。

「シルフ？」

「そうだね、小シルフ達を偵察に出そうか」

オレが承諾すると、ミーアが両手を広げて「さあ、抱き上げろ」とばかりにオレを見上げた。

魔法の詠唱をする間、抱えて運べという事だろう。リクエストに応えてミーアを抱き上げると、すぐに精霊魔法の詠唱を始めた。

「次、わたし」

アリサがそう言うと、ポチとタマが羨ましそうに振り返ったが、すぐリザに叱られて周辺警戒に戻った。

「また、後でね」

アリサは無詠唱で魔法が使えるし、たぶんスキンシップがしたいだけだろうから、後でポチやタマも一緒に触れ合える休憩時間まで我慢してもらおう。

「迷宮下層の邪竜さん達の住処(すみか)みたいな雰囲気ですね」

「イエス・ルル。溶岩が流れ出してできたような通路だと評価します」

「硫黄臭さがマシマシね」

「もうちょっと行ったら、迷宮から溶岩が流れ出てくる場所があるぜ」

前を歩く勇者ユウキが教えてくれた。

迷宮門が見えてきた。迷宮門の左右には「拷問される男女」みたいな醜悪な彫像があり、その口や目から真っ赤な溶岩が流れ出して、足下の小さな溶岩池を経由して、細い側溝を流れ出していっている。

「うわっ、悪趣味～」

「怖いのか？　こんなのただの虚仮威(こけおど)しだぜ」

「こ、怖くないのです！」

嫌そうな顔のアリサを勇者ユウキが煽ると、なぜかポチが強がりを口にした。

「だいじょび～？」

「これくらいへっちゃらなのですよ！」

強がるポチだが、白銀鎧に包まれた尻尾が足の間に隠れている。

「……■　風精霊創造(クリエート・シルフ)」

ミーアが疑似精霊シルフを召喚し、小シルフに分裂させて迷宮へ先行させた。

「何を勝手な事をしている！　誰の許可を得ての事だ！」

前方から、勇者メイコの青年従者が文句を言いに走ってきた。

確か、皇子の取り巻きをしていた人物だと思う。

「むぅ」

青年従者の剣幕に、ミーアが少しご機嫌斜めな感じだ。

「シルフを召喚させたのは――」

「――俺だぜ」

自分だと告げようとしたオレの言葉に重ねるようにして言ったのは、少し前を歩いていた勇者ユウキだ。

「なんか文句あるのか？」

「ゆ、勇者様が？　で、ですが！　勝手をされては困ります」

「誰の許可を取れって？　まさかメイコか？　別にあいつがリーダーってわけじゃないだろ？」

「此度(こたび)の攻略は皇子殿下の親征でもありますれば――」

苦虫(にがむし)を噛み潰したような顔で、青年従者が理由を捻(ひね)り出す。

「そうなのか、ミカエル？」

「そんな事実はありませんよ。魔王討伐の主体はあくまで勇者様。それを頭ごなしに指示する権利は皇帝陛下にすらありません」

「なんと無礼な！　それは皇帝陛下に対する叛意と見なされますぞ」

翼人従者に否定された青年従者が、虎の威を借る狐のような物言いをする。

「いいから行こうぜ、討伐が遅れる。あんたもさっさとメイコの尻を追いかけろよ」

勇者ユウキにあしらわれた青年従者が、憎々しげな顔になったが、翼人従者から殺気を当てられてすごすごと逃げるように立ち去った。

「先ほどはありが——」

「ところでペンペン、さっきの小さいのはなんだったんだ？」

オレのお礼の言葉を遮るように、勇者ユウキが質問してきた。

「小シルフ」

「ミーアの召喚した風精霊ですよ。先行して危険がないか確認しに行ってくれています」

「へー、さすがはエルフだな！」

「ん」

勇者ユウキに褒められたミーアが、誇らしげに胸を張る。

「子供なのにすげーな」

「違う」

「ミーアはこう見えて、ここにいる誰よりも年上なんですよ」

「そうなのか？　なら、子供扱いして悪かった」

「ん、許す」

勇者ユウキが素直に謝ると、ミーアも怒りを収めて頷いた。

「ユウキ、早く行かないと置いていかれますよ」

「悪い悪い、すぐ行く。じゃあ、またな」

翼人従者に呼ばれた勇者ユウキが慌てて走っていく。

オレ達も足早に追いかけ、ようやく夢幻迷宮の中へと足を踏み入れた。

「ここは門みたいなのはないのね？」

アリサが溶岩質の通路を進みながら言う。

ここの光源は通路の端を流れる溶岩の細い細い小川だ。

もっとも、それだけだと暗いので、ランタンや魔法の光源を使う。

「結界」

「結界ですか？」

「そういえば入り口を通り抜ける時に、変な感じがしましたね」

ミーアの言葉に、リザとルルが答える。

「わお～」

「棒のヒトでツンツンしたら松明(たいまつ)さんになったのです！」

「二人とも、危ないから火で遊んではいけません」

移動に飽きたのか、タマとポチが溶岩の小川に棒を突き刺して遊んで、リザに叱られている。

「にゅにゅ～」

「前の方で戦闘音なのです」

「列の先頭で、勇者メイコ達が戦っているみたいだね」

弱い魔物だったのか、あっという間に戦闘音が消える。

しばらく進むと、魔物の死骸らしきモノが通路に落ちていた。

「つんつん～」

「反応がない、ただのシバカネのようだ、なのです！」

アリサが教えたであろう有名ＲＰＧのセリフっぽいのをポチが言う。

「屍というか残骸だと評価します」

「ん、ゴーレム」

ナナやミーアが言うように、落ちていたのは鼠を模したゴーレムの残骸だ。

ぐねぐね曲がりくねった通路を進むと、天井が高くなり、天井から鍾乳石が垂れ下がる大広場に出た。

「あの鍾乳石、なんだか落ちてきそうな雰囲気ね」

「ういうい～、あそこのが危ない～？」

アリサやタマが言うように、天井から垂れ下がる鍾乳石は罠として配置されているモノが幾つかあるようだ。

「足下の赤い丸がある場所は、罠が落ちてくる場所だから注意してください」

前方から翼人従者の注意が飛んだ。

それをリザが後ろの輜重班や勇者ソラ班に伝達する。

「ここからは道が分かれる。先日の打ち合わせ通り班分けして進む！　輜重班は通路の安全を確認するまで広場で待機。安全を確保次第、合流地点である次の中継場所に移動するように！」

風魔法で拡声した皇子の声が聞こえてきた。

「ご主人様、打ち合わせなんてしてた？」

「いや、記憶にないよ」

どうやら、オレ達は蚊帳の外だったらしい。

見た感じでは、勇者メイコと勇者フウ、勇者セイギと勇者ユウキがそれぞれペアになるようだ。

皇子達は安全な輜重班に同行するのかと思ったけど、名目上は勇者メイコの従者という扱いらしく、彼女と一緒に行動するようだ。

「バラバラに移動して、迷わず合流できるのかしら？」

アリサの懸念はもっともだけど、マップ情報を見る限り問題なさそうだ。

この広場から三方に道が分かれるが、ぐねぐねと分岐して途中に無数の小部屋や中規模の広場が幾つもあるものの、最終的には次の大広場に収束する作りになっている。

「サトゥーさんは私達と一緒に来てください」

勇者ソラが声を掛けてきた。

彼女の後ろには従者らしき男女が六人ほどいる。全身甲冑(スーツ・アーマー)の盾持ち騎士が二人、軽装でマッチョな女戦士、神官、魔法使い、斥候といった基本構成のようだ。

「勇者様の慈悲に感謝するのだな」

「くれぐれも分を弁(わきま)えて、勇者様を立てる事を忘れるなよ」

二人の騎士達が偉そうな口調で捲(まく)し立ててきた。彼らはサガ帝国貴族の子弟らしい。

「止(や)めてください。そんな言い方はサトゥーさんに失礼です。私達は経験豊富な彼の教えを乞(こ)う立場なのですよ」

勇者ソラが二人の騎士を窘(たしな)める。

「ですが、勇者様。我らとて、鼠魔王との戦いを経験しております」

「そうですとも！　勇者の後ろで騒いでいただけの者達に、何を教わるというのですか！」

そんな風に偉そうな騎士達だったが、どちらもレベル四〇前半なので、中級以上の魔族と戦うのは無理っぽい。

レベル四五以上の従者がいないのは、勇者ソラと勇者フウの二人だけだ。

勇者メイコは期待されているのか、レベル五〇級の人間が二人もいる。そのうち一人は「黒鋼の鎧」を着込んでいた。勇者ハヤトと一緒に魔王討伐に参加した黒騎士リュッケンが着ていたのと同じヤツだ。

他の盾系従者が装備していないところを見ると、まだまだ量産はできていないのだろう。

「では行きましょう」

勇者ソラが先頭に立ち、途中の経路に中規模の広場が一つもない起伏の激しいコースを進む。

今までの探索だと、魔王がいたのは全て中規模以上の広場だったらしいので、勇者ソラはハズレのコースを押しつけられた感じだ。

「来る」

小シルフからの報告を受けたミーアが小声で警告する。

勇者ソラの斥候従者は経験が浅いのか、まだ気付いた様子はない。

「勇者様！　前方から魔物が来るようです」

「なんだと？　そんな馬鹿（ばか）な」

斥候従者が地面に耳を当てて確認する。

「何も聞こえない——いや、聞こえてきた。数八、この足音は『殺戮人形（キリング・ドール）』だ」

「くそっ、最初から強敵かよ」

「テンゼンさん、ゲルマーさん、盾の準備を。最初の挑発スキルは私が使います」

勇者ソラが指示を出す。

「手伝いますか？」

「あり——」

「我らだけで十分だ」

「そこでおとなしく見ていろ」

勇者ソラが感謝の言葉を返そうとしたのを、偉そうな騎士二人の拒否の声が上書きした。

ちなみに、殺戮人形はレベル二〇前半の魔物で、近接戦闘系のスキルを持つ。毒や麻痺といった危険な力は持ち合わせていないようなので、特に苦戦する事もないだろう。

「殺戮人形よ！　私を見なさい！」

勇者ソラの挑発スキルが入り、八体の殺戮人形が彼女に殺到する。

しばしの間、戦いを見守っていたのだが——。

「にゅ～？」

「人形さんはとっても動きが素早いのです！」

殺戮人形は速度特化の上に、アクロバティックでトリッキーな機動で勇者達を翻弄している。

「なっていませんね。あれでは勇者一人で戦った方がマシです」

最初に勇者ソラが挑発スキルで集めた魔物を、従者達がバラバラの個体に攻撃して乱戦状態にしてしまっている。

勇者に一体、騎士達にそれぞれ二体、魔法使いに三体といった感じで、勇者ソラが慌てて挑発スキルを重ねて魔法使いに向かった魔物を剥がそうとするが、最初のスキル使用から間が空いていない為、イマイチ効果が出ていない。ゲーム的に言うと、リキャストタイムがまだだって感じだ。

「くそっ、だから初っぱなにデカい魔法を使うなって言っただろうが！」

魔法使いや神官を護衛する女戦士が、そう叫びながら奮闘する。

「おいっ、こっちに魔物を来させるな！」

「うるせぇ！　だから、あたしら冒険者は護衛なんて向いてないって言ってるだろ！」

女戦士はサガ帝国でスカウトされた冒険者らしい。

「ちっ、血吸い迷宮のグールなみに鬱陶しい敵だぜ！」

彼女は乱戦に慣れているのか、四方八方から攻撃されてもかすり傷程度で切り抜けている。

斥候従者がクロスボウで援護しているが、タイミングが悪くて有効な支援になっていないようだ。

「このっ、このっ」

「避けるな！」

騎士達は変幻自在の動きで攻撃してくる魔物の相手に手一杯で、周りをフォローする余裕はないらしい。

「こりは再教育が必要そうね」

「まったくだ」

アリサが呆れたように言う。

探索者学校を卒業したばかりの「ぺんどら」達の方が、まだ一つのチームとして行動できていると思う。

それでも、圧倒的なレベル差と装備のお陰で、大怪我を負う事なく殺戮人形を討伐できた。

「くははは、二体倒したぞ。それがしの勝ちだな」

「くそっ、最後の一体を勇者様に取られなければ、同点だったものを」

騎士二人が軽口を叩く。

この二人はさっき文句を言ってきた偉そうなやつらだ。

「まったく、なってないわね」

アリサが声を張り上げる。

「なんだと⁉」

「小娘の分際で騎士を愚弄するか！」

「小娘ですって？　わたしはこれでもシガ王国の貴族家当主よ。小娘呼ばわりされる謂われはないわ」

アリサが最下級の名誉士爵である事は伏せて、激昂する騎士二人を威圧する。

「ソラたん、連携がダメダメすぎるわ。雑魚相手なら大丈夫でも、同格の相手だと死人が出るわよ」

「ソ、ソラたん？」

「貴族といえど、勇者様への無礼は――」

「次はわたし達が手本を見せてあげる」

アリサがオレの方を振り向いて確認してきたので頷いてやる。

「お嬢ちゃん、次はマズい。人形七と石鼠がたくさんだ」

「鼠さんは二四体～」

「ん、正解」

斥候従者の言葉を、タマが補足し、小シルフの情報を得たミーアが保証する。

「初手はわたしが行くわ。タゲ取っちゃうから、挑発は全力でお願い」

「イエス・アリサ。タゲ取りは任せてほしいと告げます」

「アリサ、雑魚だけでいいよ」

「わーってるってば。■……■　閃火(バーン・フラッシュ)！」

下級の範囲火魔法が石鼠を一掃する。

「なんと弱い魔法だ。人形は碌(ろく)にダメージを負っていないぞ」

勇者ソラの魔法使い従者がアリサを嘲(あざけ)る。

「これでいいのよ。――ナナ」

「ぐねぐねして気持ち悪いと告げます！　人形はもっと可愛くあるべきと主張します！」

ナナから挑発スキルの乗った言葉が二連続で発せられる。

アリサに向かって直進していた殺戮人形達の狙いが、ナナに変わった。

「……■■■　絡水流(エンタングル・アクア)」

「狙い、撃ちます」

ミーアの水魔法が殺戮人形達の動きを鈍らせ、ルルの火杖銃(ひつえじゅう)が一体の頭部を撃ち抜いた。

「ルル、動きの阻害だけでいい」

「すみません、私ったら」

「謝らなくていいよ。片方の足首を撃ち抜いて」

「はい、ご主人様」

ルルがリズム良くタンタンタンと、殺戮人形達の足首を撃ち抜いていく。

「な、なんだ、あの銃使いは？」

「照準補助の魔術が掛けられているのだろう、でなければ――」

勇者ソラの従者達がルルの精密射撃に驚きを隠せない。

「――神業だ」

神業と評されたルルが、頬を染めて恥ずかしそうにしている。口元がちょっと緩んでいるのが、可愛いね。

「タマ、ナナに向かった人形を一体ずつ釣って、皆で順番に倒していって」

「にゅ？　分かった～」

一瞬首を傾げたタマだったが、すぐにアリサの意図に気付いてシュタッのポーズで了解を示す。

「えいやーたーなのです！」

タマが釣ってきた一体をポチがずんばらりんと斬り伏せた。

「ポチ、そんなに早く倒しては参考になりません」

「はいなのです。なかなか難しいのですよ」

リザが嘆息しつつ注意する。

「こうするる～」

タマが次に釣ってきた殺戮人形の手足の関節を攻撃して動きを止める。

その殺戮人形の魔核の位置を、リザの魔槍が貫通した。

「にゅ！」

「すみません、つい」

一撃で倒された殺戮人形が力を失って倒れる。

「リザも反省なのです」

ポチに突っ込まれて、リザが恥ずかしそうだ。

『皆、武器を弱いのに換装して』

アリサが戦術輪話でアドバイスし、木剣や木槍に変更してからは安定してお手本を見せる事ができた。

「こんな感じね。堅い前衛がいるなら、そっちに敵を集めて、一体ずつ間引いていくのが効率的よ。一撃で確実に敵を倒せる時は、各個撃破でもいいけどね」

最後にアリサが総括する。

「なるほど、確かに有効な戦法です」

「勇者様！　シガ王国の者どもの戯れ言など、一笑に付せばいいのです」

「その通り！　サガ帝国にはサガ帝国のやり方があります」

勇者ソラが頷くのを見て、偉そうな騎士二人が反発した。

「国が違うからこそ、学べる事は学んでいくべきです。一度試して、優れている点は採用していく姿勢を私は評価します」

「そうですね。一度やってみましょう」

「あたしも賛成だ」

勇者ソラがそう諭すと、残りの従者達が賛同を示し、先の騎士二人も渋々ながらそれに従う。

次の魔物との戦いは少々ぎこちなかったが、その次、さらに次と戦いを重ねていく事で、あっという間に安定した戦法を会得してみせた。

「無能じゃないみたいね」

「それはそうでしょう。曲がりなりにも、勇者の従者に選ばれるくらいですから」

アリサとリザが勇者達の戦いを観戦しながら感想を呟いた。

他の班はどうしているだろうと気になったので、空間魔法の「遠見(クレアボヤンス)」で各班の様子を見てみる。


まずは勇者ユウキと勇者セイギの班からだ。

彼らは、オレ達がやったような戦い方を上手(うま)く分散して行っていた。勇者ユウキがアリサのように雑魚を鏖殺(おうさつ)し、翼人従者の指揮の下、前衛系の従者達が二手に分かれて手際よく強めの魔物を倒していく。

勇者セイギは力を温存しているのか、勇者ユウキの横で後衛達と談笑していた。

翼人従者が優秀なのもあるが、全体的に勇者ソラの班よりも従者の質が高い印象を受ける。

続いて勇者メイコと勇者フウの班を見る。

こちらは勇者メイコが鎧袖一触で魔物を倒していき、討ち漏らした雑魚を従者達が倒していく。

勇者メイコは他の勇者と比べても頭一つ抜け出しており、タイプこそ違えど勇者ハヤトに迫る強さを持っているように見える。

だが、どこか危うい。捨て鉢というか、なりふり構わず魔物の群れに突撃していく感じだ。回避系のスキルがあるから怪我はないようだけど、見ていてヒヤリとするシーンも多い。

皇子は上手く勇者メイコの手綱を握れていないようで、彼が何を言っても無視して突き進む感じだ。たまに足を止めて味方を待つ仕草をするが、それは皇子に言われたからではなく、勇者フウが後ろから「メイコちゃん、待ってよ～」と懇願するからのようだ。

あまり絡みは見ないが、勇者メイコと勇者フウは仲が良いらしい。

連携のダメさは勇者ソラの班と変わらないものの、こちらは個々の能力が突出して高いのもあるが、勇者メイコのフォローをなんとかしようと頑張っている分、マシに見える。勇者ソラの従者は、勇者のサポートというよりは、自分が手柄を立てる事の方が重要な感じだったからね。

前の広場に置いてきた輜重班も、特にトラブルや魔物の襲撃に遭ったりはしていないようだ。

一通り確認し終わったので、遠見の魔法を解除する。

——おや？

なんだかポチとタマの様子がおかしい。

「ここの魔物はダメなのです」

「ういうい～」

二人がつまらなそうに、地面に落ちている小石を蹴る。

「どうしたんだい？」

「肉さんがいないのです」

「しおしお～」

なるほど。これまで勇者達やオレ達が夢幻迷宮で戦ってきたのは、おなじみの石鼠や殺戮人形を始め、泥でできたマッド・ゴーレムや「悪魔を象った空飛ぶ石像（ガーゴイル）」といったコンストラクト系の魔物が中心だ。

当然ながら、石や泥や陶器などが主素材なので、倒しても肉が取れない。

それで二人のテンションがだだ下がりのようだ。

「この先の湾曲通路の先に溶岩池がある。地元の冒険者から聞いた話だと、魔物が飛び出してきたり、溶岩が噴き出したりする罠があるらしい。注意してくれ！」

少し前を進む斥候従者から警告が届いた。

「暑い」

「イエス・ミーア。溶岩池でマグマがボコボコしていると告げます」

ミーアが白銀鎧の体温調整機構を「強」に切り替え、ナナが溶岩の池を見て声にワクワクした気持ちを乗せる。

「あちぃ～、ソラ様はよく金属鎧なんて着てられるね」

「『心頭滅却すれば火もまた涼し』ですよ。ですが、ここは早めに抜けましょう。耐熱魔法を掛け

てもらっていても、体力の消耗が大きそうです」

胸元をパタパタさせる女冒険者に、勇者ソラが額の汗をハンカチで拭(ぬぐ)いながら答えた。

やせ我慢するのはいいが、あの調子だと脱水症状を起こしそうだ。

「止まれ」

斥候従者が溶岩池に何かを見つけた。

「にゅ！」

「肉さんなのです！」

溶岩池から顔を出した蜥蜴風のサラマンダーもどきに、タマとポチのテンションが戻る。

「二人とも気合いを入れなさい。逃がしてはいけませんよ」

どうやら、リザも顔に出さなかっただけで、コンストラクト系の魔物ラッシュにテンションが下がっていたようだ。

サラマンダーもどきが溶岩池から出たところを、獣娘達が手際よく倒す。

「むむむ〜」

タマとポチが魔物を斬った剣を見下ろして複雑な顔をする。

「嫌な予感がするのです」

サラマンダーもどきの正体は、溶岩蜥蜴(ラーバ・リザード)という名前のゴーレムの一種だ。

獣娘達は斬った感触で悟ったようだが、溶岩蜥蜴の素材は溶岩なので、当たり前だが食べられない。

「……これもゴーレムの一種のようですね」

「やっぱり、肉じゃなかったのです」

「おう、の～」

残骸を確認していた獣娘達が、肩を落としながらそう言った。

せっかくテンションが上がったのに、獣娘達が再びがっかりモードだ。

今日のお昼はお肉たっぷりのメニューにしてあげよう。

マップを見る限り、さっきの溶岩蜥蜴以降はしばらく敵の出現がないので、アリサと一緒に勇者ソラと世間話をして交流を深める。

「そういえば、他の勇者の子達は同級生っていうか昔っからの友達っぽかったけど、ソラたんはあの子達と同じ学校の先輩なの？」

「いいえ、違うわ。あの子達は中学生だけど、私は高校生だから」

「ふーん、中高一貫校ってわけじゃないのね」

「私は公立だからそういうのはないわ」

探せばあるんだろうけど、公立で中高一貫校っていうのはあんまり聞かないもんね。

「リクたんやカイたんと幼馴染みだったんでしょ？　どっちかとつき合ったりしてた？」

「つき合う――私がリクと？」

勇者ソラが顔を真っ赤に染めた。

それを見て、アリサが恋バナの気配に顔をにんまりと緩める。

「ないない！　ありません、そんなの！」

「えー、そんな風に焦るなんて、答えを言っているようなものじゃない」

アリサがにまにま笑顔で凄く楽しそうだ。

「ん、怪しい」

「ソラ様、赤い髪の勇者様とつき合ってらっしゃるんですか？」

横で聞き耳を立てていたミーアとルルが話に交ざってきた。

年頃の女の子は恋バナに目がないね。

「もう！　揶揄（からか）わないでください！」

恥ずかしさが限界に達したのか、勇者ソラがぷんっと可愛く拗（す）ねた。

「嬢ちゃん達、そのへんにしてやりな。うちの大将はその手の話に慣れてないんだ」

「はーい」

横で見守っていた女冒険者に言われて、アリサが素直に返事をする。

「それじゃ、話題を変えて、リクたんやカイたんとの幼馴染みエピソードを聞かせてよ。昔からリーゼントしてたり、糸目だったりしたの？」

「――ぷっ、それはないわ」

拗ねていた勇者ソラだったが、アリサの言葉が壺（つぼ）に入ったのか噴き出した。

「いえ、カイは昔から目が細かったし、リクも子供の頃からやんちゃだったけど、リーゼントをし出したのは中学生になってからね」

「リクたんとカイたんって、子供の頃から仲良かったの？」

「全然よ。カイが後から引っ越してきたんだけど、最初の頃はリクと犬猿の仲っていうか、顔を合わせるたびに喧嘩していたわ」

「おー！　そりは王道パターンね！」

腐女子センサーに反応したのか、アリサの鼻息が荒い。

彼女達の幼馴染みエピソードには興味があるが、そろそろ時間切れだ。

「サトゥー」

「うん、分かってる」

先行偵察しているミーアの小シルフが敵を発見した。

「にゅ！」

「前方の物陰に人形三！」

続いてタマが気付き、かなり遅れて斥候従者がそれに気付いた。

ここからは間断なく魔物との遭遇が待っているので、幼馴染みエピソードはまた今度聞かせてもらおう。

◆

「到着したようですね」

あれから結構な数の魔物を退治して辿り着いた大きな広場は、地元の探索者らしき先客がいっぱいいた。

危険な場所なのか、戦闘後の休憩も半分ずつ交代で行っているようだ。

「けっこう広いわね。ここって人気の狩り場なのかしら？」

二つ目の大広場は、さっきの広場の三倍ほどの広さだ。ここにも通路にあったような溶岩が流れている場所があり、広場を幾つかのエリアに切り分けている。エリア間は溶岩から突き出た飛び石を渡って移動するらしい。

「人気というか、序盤区画はここしか水場がないんですよ」

アリサの問いに、勇者ソラが答える。

なんでも、迷宮全体でも数箇所しか給水できる水場がないそうだ。

「ご主人様、他の勇者様達がいました」

目の良いルルが広場の離れた場所にいる勇者達を見つけた。

「どのへん？」

「地元の探索者さん達の向こう側よ」

アリサの問いに、ルルが方向を指さしながら答える。

「ノー・ルル。夢幻迷宮は探索者ではなく、冒険者と呼ぶのだと訂正します」

「なら、サガ帝国と同じだね」

ナナがルルの間違いを正すと、それを耳にした勇者ソラの従者であるマッチョな女冒険者が会話に入ってきた。

会話をしながら他の勇者達の方に向かうと、地元の冒険者達がオレ達から距離を取るように移動する。

「冒険者はどこも警戒心旺盛だね」

「それはシガ王国の探索者も同じです。迷宮でのトラブルは、地上よりも危険ですから」

それを見た女冒険者とリザがそんな言葉を交わしていた。

「ソラ先輩ー！　こっちこっち！」

他の勇者達のいるエリアに入ると、オレ達を見つけた勇者ユウキがぶんぶんと手を振って合図してきた。

三方に分かれた班の中でオレ達が一番後らしい。

「遅かったな。待ちくたびれたぞ」

「申し訳ありません、殿下。私の不徳のいたすところです」

皇子が迷宮に不似合いな天幕から出てきて文句を言う。

それに勇者ソラが律儀に詫びの言葉を返した。

「殿下、ご安心ください。予定に遅れはありません」

勇者セイギの傍から離れてこっちに来た太鼓腹従者が、ネチネチと嫌みを言う皇子から勇者ソラを助け出す。

「輜重班に迎えを出しました。ミサナリーア様、先ほどの小精霊達を索敵に放っていただけないでしょうか？　輜重班が来るまで斥候を休ませたいのです」

太鼓腹従者が丁重な口調でミーアに依頼する。

「やってる」

「そうでしたか、私の余計な発言をお許しください」

「ん、許す」

ミーアが小シルフの探索を次のエリアに派遣したと告げると、太鼓腹従者が頭を下げて詫びた。

彼はミーア、というかエルフに強い敬意を持っているようだ。

まあ、今はそれよりも――。


「――来る、上」

オレの危機感知が働くのと同時に、ミーアが慌てた口調で言う。

マップ情報によると、ガーゴイルの集団が天井裏の魔物専用通路を移動している。

「天井の通気口から、魔物が来るぞ！」

オレの警告の声と同時に、天井の亀裂から蝙蝠サイズの小型ガーゴイル達が飛び出してきた。

「ユウキ！　天井に向けて範囲攻撃。中級以下の魔法にしなさい」

「おう！　任せろ！」

翼人従者が勇者ユウキに指示を出す。高威力の魔法だと、天井が砕けかねないからね。

『なんだ？　よそ者のいる方が騒がしいぞ』

『やべぇ、天井から魔物だ！　凄い数だぜ！』

　こちらに少し遅れて、地元冒険者達も騒ぎ出した。

「――火炎颱風（フルレンジ・ファイア・ストーム）！」

　勇者ユウキが詠唱破棄で天井に向けて火魔法を放つ。

　アリサの火魔法を彷彿（ほうふつ）とさせる灼熱（しゃくねつ）の業火が、飛来する小型ガーゴイルの群れを羽虫のように焼き払った。

「のわわわわわ」

「こら、ユウキ！　迎撃場所くらい考えろ！」

　破壊されたガーゴイルの残骸が、勇者達の頭上に降り注ぐ。

　すぐに従者達が術理魔法の「防御壁（シェルター）」や「盾（シールド）」で残骸の雨から身を守る。オレ達の方に落ちてきた残骸は、ナナの自在盾（フレキシブル・シールド）とアリサの隔絶壁（デラシネーター）が防いでくれた。

『うおっ』

『なんだ、あれ？』

　地元冒険者達が勇者ユウキの魔法に驚いている。

『すげぇ魔法だな。宮廷魔導師でも出張ってきたのか？』

『この迷宮も長いが、わしはあんな数のガーゴイルなんて見た事ないぞ？』

『ジジイが知らないって、マジか？』

『こっちに、来ないでくれよぉ』

こういった襲撃はよくある事なのかと思ったけど、彼らの発言からして珍しい事のようだ。

「来るる～」

「火の向こうから次の魔物が来るのですよ！」

タマが可愛い鳴き声のような警告をし、ポチがそれを翻訳する。

勇者ユウキの火魔法が作った炎の壁の向こうから、ガーゴイルの第二陣が飛び出してきた。今度は標準サイズだ。

「狙い、撃ちます！」

「ん」

それをルルの火杖銃とミーアの弓が、的確に撃ち落としていく。

もちろん、オレも魔弓でそれを援護する。オレは数を落とす事よりも、地元冒険者の方に向かう奴らを中心に狙う。

「魔刃砲～」「なのです！」

タマとポチも魔刃砲で迎撃に参加し、リザは――。

「――葬花流星弾」

スィルガ王国の下級竜戦で使っていた七枚花弁の多弾頭な魔刃砲を使う。

元々派手な技だったけど、薄暗い迷宮内だと特に華やかだ。

「なんだ、あれは？」

「シガ八剣のジュレバーグ卿が使うという魔刃砲？」

「あんな女子供に使えるものか！　シガ王国が開発した何かの魔法兵器に違いない」

獣娘達の魔刃砲を見た騎士従者達から驚きの声が漏れた。

若干名、差別発言があったが、この戦いが終わる頃には沈黙する事だろう。

もちろん、サガ帝国の面々とて、驚くばかりではない。

「シガ王国の連中に後れをとるな！」

「魔法や弓で迎撃せよ！」

「盾持ちは魔法使い達や弓持ちを守ってください」

皇子が怒声を上げ、翼人従者達が的確に指示を出す。


「赤い池からも来る～？」

「本当なのです！　肉さんを持ってないダメダメ蜥蜴さん達なのですよ」

タマとポチの声に振り向くと、周りを囲む溶岩池から溶岩蜥蜴や溶岩スライムが続々と上がってくるのが見えた。

これまでレーダーに反応がなかったから、溶岩の底で岩に擬態でもしていたのだろう。

「溶岩蜥蜴だ！　一箇所じゃないぞ！　アリサ、耐火」

「おっけー！」

オレは警告を発し、アリサに指示して皆に耐火付与(エンチャント・レジスト・ファイア)を掛けさせる。

「蜥蜴が口を開けた！　溶岩弾が来ます！」

「魔法使い達を中心に円陣を組みなさい！」

太鼓腹従者と翼人従者が盾持ちに指示を出す。

「「「応！」」」

盾持ち従者達が次々に強化系スキルで装備や自身の防御力をアップして、溶岩弾の直撃に備える。

鉄をも溶かす灼熱の溶岩弾を、盾持ち従者達が次々に受け止めてみせる。一発も背後に逸らさないのは、勇者の従者に選ばれるだけはあるね。

「熱っ、何をしておるか！　火傷をしたではないか！」

盾持ち従者が溶岩弾を受けた時に飛んだ火の粉を浴びたのか、皇子が文句を言っている。

皇子の取り巻きが一緒になって非難を始めた。

いや、今はそんな時じゃないから。


「見て」

ミーアが何かを見つけて声を上げた。

「黒い箱？　何かし――げっ、変形した」

撃ち落としたガーゴイルが抱えていた黒い箱が、地上付近で変形して殺戮人形になった。

どうやら、第二陣は殺戮人形の運び屋だったらしい。地上に降り立った殺戮人形達がこちらに向かって突進してくる。

「行くわ」

「メイコ！　陣を出るな！」

聖剣を抜いた勇者メイコが円陣から飛び出した。

皇子が制止するが、彼女は振り返るそぶりさえしない。

「露払いなど、他の者達に任せろ！　お前には私と共に魔王を討伐するという大事が待っておるのだぞ！」

制止したのは勇者メイコを心配しての事かと思ったら、自分の功績の為の発言だったらしい。

彼にとって勇者メイコは皇位継承権の順位を上げる為の単なる道具なのだろうか？

もっとも、勇者メイコはそんな事はどうでもいいようだ。

「我が身にいかなる攻撃も――『無敵の機動(あたることなし)』」

青い輝きを身に帯びた勇者メイコが敵の集団に躍り込んでいく。

ユニークスキルの力なのか、至近距離から放たれた溶岩弾も、溶岩スライムの火炎ネットも、自ら狙いを外すかのように逸れて勇者メイコに届かない。

『すげーなあの華奢(きゃしゃ)なやつ』

『人族だろ、あれ？』

『獣人以外であんな戦い方ができる奴がいるんだな』

地元冒険者達の声を聞き耳スキルが拾ってくる。

「おう、ぐれいと～？」

「勇者のヒトが凄いのです！」

「ええ、勇者ハヤト様を思い出しますね」

獣娘達も勇者メイコを気に入ったようだ。

「メイコ様を守れ！　遊撃隊、出陣！」

勇者メイコの従者らしき黒鋼の鎧を着たレベル五〇級騎士が叫び、何人かの前衛と一緒に陣を飛び出していく。

「――ご主人様」

リザの言葉に首肯し、獣娘達の出陣を許可する。

「れっつだんしんぐ～？」

「ひあひあごーなのです」

タマが勇者メイコに並んで一緒に踊るように敵を倒し、ポチは持ち前の突撃力で戦場を切り開く。

リザは強めの敵に的を絞って、勇者の従者達のサポートに徹しているようだ。

「行きます！」

「ボクらも行くぞ！」

勇者ソラと勇者セイギが前衛系の従者と一緒に、防御陣の隙間から出て迫り来る敵を蹴散らす。

「経験値よこせー！」

勇者ソラは堅実に敵を削り、勇者セイギがステータス頼りに魔物を打ち倒す。

「勇者セイギ！　あまり陣から離れてはいけませんよ！」

「分かってる！」

太鼓腹従者が丸盾を持って勇者セイギに並ぶ。

「ソラ先輩、横から次の敵が来るよー」

「ありがとう、フウ君」

勇者ソラが聖剣を閃(ひらめ)かせ、従者達と連携して魔物を倒していく。

その強さは勇者セイギと同じくらいだ。

「ソラ先輩はメイコちゃん達みたいにユニークスキルは使わないの？」

「私の、ユニークスキルは、一撃に全てを篭めるタイプ、なので——」

勇者ソラは次から次へと襲い来る魔物を斬り払いながら、勇者フウの雑談にいちいち律儀に答える。

「ソラ様！　ユニークスキルは勇者の切り札ですぞ！　軽々に口にしてはいけません！」

「すみません、軽率でした」

従者に叱られた勇者ソラが生真面目に詫びる。

その原因となった勇者フウは「ソラ先輩、ごめんね～」と軽い口調だ。

「地上の雑魚も纏めて焼いてやる！」

勇者ユウキが範囲魔法で雑魚敵を一掃する。

「うわっ、あちちっ。ユウキ！　味方を巻き込むな！」

「悪い悪い。ホーミング系の魔法がそっちに行っちまった」

至近弾を受けた勇者セイギが勇者ユウキに抗議する。

集団戦中の範囲魔法はフレンドリー・ファイアーしやすいから、けっこう難易度が高いんだよね。

「空中の敵も減ったし、ここからは俺も聖剣で戦うぜ！」

勇者ユウキが炎を纏ったような聖剣を振りかざして勇者セイギの横に並ぶ。

彼は魔法使い系の勇者だけど、勇者セイギと同程度の技量はあるようだ。

「アリサ、こっちの指揮を頼む。ルルとミーアは皆の援護を、ナナは皆の護衛を頼んだよ」

オレも陣を出て勇者達の援護に回る。

『何もんだ、あいつら？』

『確か、あれってサガ帝国の勇者様達だぜ』

『円陣組んでる奴らもやるな』

『よく崩れないよな。あのすっげぇ魔法もだけど、蜥蜴の溶岩弾をあんだけ受けて崩れない盾職なんて、うちに来てほしいぜ』

『会ったら逃げ一択の殺戮人形相手でも普通に戦ってるしな』

地元冒険者の方に行くガーゴイルを優先的に倒したせいか、彼らはすっかり観戦モードになっている。

もっとも、それも長くは続かないようだ。

周辺の広場から石鼠や泥ゴーレム（マッド）を中心とした雑魚の集団が、こっちの広場に向けて移動を始めている。

『やばいぞ、連鎖暴走（スタンピード）だ！』

それに追い立てられた地元冒険者が大広場に飛び込んで来た。

さっきまでお気楽観戦モードだった地元冒険者達が、慌てて戦闘態勢を整える。

数が多いとはいえ彼らの相手は雑魚ばかりなので、陣形を整えるまでサポートしたら、後は放置で良さそうだ。

「頭脳派に脳筋バトルは辛い」

「経験値の為だ、頑張れ」

「おう！」

早くもバテ気味の勇者セイギを、元気いっぱいの勇者ユウキが励ます。

「頭脳派？」

「セイギは名探偵じゃなくて、名探偵気取りなだけでしょ」

首を傾げる勇者フウの言葉を拾った勇者メイコが、通り過ぎながら辛らつな言葉を吐いた。

「ううっ、ボクのガラスのハートに突き刺さる」

勇者セイギが大げさに胸を押さえて傷心を主張する。

「メイコちゃんは正直者だから」

「フウ、それは慰めになってないぞ」

勇者ユウキがツッコミを入れた。

「勇者様は戦わないの？」

後ろでアリサが勇者フウに尋ねるのが聞こえた。

「ボクは暴力はちょっと。従者達からは戦力外通告されているし、前に出たら足手纏いになるだけだもん」

勇者フウが自嘲気味に答える。

そういえば、勇者フウはさっきから戦闘を従者達に任せて観戦オンリーだ。

「よく迷宮に入ろうと思ったわね」

「メイコちゃんが心配だから」

やっぱり、勇者フウと勇者メイコは仲がいいね。

「危ないよ～？」

「あ、ありがとうございます」

勇者ソラを狙ったクロスボウ付きの殺戮人形の奇襲を、タマがするりと防いだ。

「モグラ叩きなのです！」

地面を突き破って襲ってきたワーム型の岩ゴーレムを、ポチがハンマーで粉砕する。

「どこから出したんだよ?!」

「ソナーあれば嬉しいな、なのですよ！」

「それを言うなら『備えあれば憂いなし』だろ！」

「そ、そうとも言うのです」

勇者セイギのツッコミに、ポチが恥ずかしそうに誤魔化す。

少年勇者達が一緒だと、ツッコミ役がいて楽だ。

「そろそろ打ち止めかしら？」

「うん、さっきから補充はないみたい」

アリサやルルが言うように、ようやく魔物の襲撃が終わったようだ。

残敵は勇者メイコが根切りの勢いで刈り尽くし、大広場に静寂が訪れた。

「レベルアップまであと少しなんだから、もうちょっと出てきなさいよね」

勇者メイコが天井に向かって叫ぶ。

「止めろー、本当に出てきたらどうするんだよ」

「出てきてもいいけど、魔力が回復するまで待ってほしいぜ」

「ユウキ君、魔力回復ポーション飲む？」

「いらん、あんな激マズなポーションは緊急時だけでいい」

勇者達が姦しい。


「にゅにゅ～、何かやな感じ～？」

「タマもですか？　私も先ほどから嫌な予感が止まりません」

「ポチもなのです！　尻尾の毛がぶわっとするのですよ！」

獣娘達の会話を聞き耳スキルが拾う。

——嫌な予感？

オレは戦いながら周囲を見回す。

何もない。地上の敵は溶岩池からの増援はあるけど、空中のガーゴイルは遠くの天井から疎らに補充があるだけだ。

――待て。

遠く、の天井から？

すぐ真上に天井の出口があるのに、どうしてわざわざ遠くの天井なんだ？

その気付きに背筋に冷水を浴びせられた気持ちになりながら、オレはマップを開いて確認した。

天井の通路に敵はいない。

――危機感知。

通路に敵がいない事を確認した瞬間、危機感知スキルが強烈な予感を伝えてきた。

オレはマップをスクロールさせて、通路の先を確認する。

「くそっ、これか」

オレは味方陣に戻る。

「どうしたの？」

「溶岩だ。天井から溶岩を降らす気だ」

通路の先に堰があり、その向こう側にプール数杯分くらいの溶岩が溜まっているのを見つけたのだ。

「さすがにこの人数を転移するのは無理よ？」

「分かってる」

走って逃げるのも難しい。天井の穴はこの大広場全体にあるのだ。

地元冒険者達は壁際に陣取っているので、通路に逃げるのは可能だろう。勾配(こうばい)は通路の方が高いので溶岩が流れ出す危険性も低い。

「マスターは私が守ると告げます」

「ありがとう、ナナ」

ナナはそう言ってくれるが、それもまた難しい。

白銀鎧で使えるフォートレスは半円なので、こういった攻撃を防ぎ続けるのは向かない。

黄金鎧のキャッスルなら余裕で防げるが、それでは黄金騎士団がオレ達だと告白するようなものだ。

溶岩は継続ダメージを与えるので、それ以外の盾系や防御壁系の魔法ではいつまでも防ぎ続けられない。

アリサの隔絶壁をドーム型にしたやつなら耐えられるが、それはアリサの空間魔法を開示する事になる。

「にゅ！」

「ご主人様、天井に赤い線が！」

やばい、溶岩が天井の通路を流れ始めた。

どうする？　アリサの空間魔法か、黄金鎧のキャッスルか、オレのユニット配置か——そうだ！

一つの妙案がオレの脳裏に閃いた。

「どうするの？」

「これを使う」

オレは格納鞄経由で試作の強化外装――簡易次元潜行装置を取り出した。

「全員集合！　天井から溶岩が降ってくるぞ！」

オレは拡声スキルと指揮スキルを意識しながら、周りに向けて叫んだ。

「本当だ！　あれ見ろ！　ヤバいぞ！」

勇者一行は少し行動を迷っていたが、幾つかの穴から漏れた溶岩が天井から滴っているのを見た勇者セイギの叫びで、一斉に行動に移ってくれた。

敵のただ中を駆け回る勇者メイコだけは、同行する騎士達の諫言も無視して戦いを続行している。

「タマ、勇者メイコ達を掴まえて影空間に行けるかい？」

「あい！　頑張るます！」

タマがシュピッのポーズで即答してくれた。

「頼む！」

「あい！」

「ポチも――」

一緒に行こうとするポチの襟首を掴んで止め、オレは簡易次元潜行装置を起動する。

『天井から溶岩？　ジジイ、あんなトラップ知ってるか？』

『知らん。わしの長い冒険者人生でも初めて見る』

冒険者達の会話が微(かす)かに聞こえたが、考察は後だ。

「リミッター解除！　足下の円陣(サークル)の中に入ってください！」

オレは光魔法の「幻影(イリユージヨン)」で足下に光の円を描く。

「ペンドラゴン子爵！　メイコがまだだ！」

「そちらは私の部下が対応します」

既にタマは勇者メイコのすぐ傍だ。

タマが勇者メイコに「抱っこ～」と言ってダイブして、受け止めてもらっている。

「対応だと？　どうやって――」

文句を続けようとした皇子の視線の先で、勇者メイコ達がタマの忍術で影の中へと吸い込まれた。

良し、あっちはＯＫだ。

「「ヤバイヤバイヤバイ」」

「すぐ真上が真っ赤になったぞ！」

勇者二人と皇子が騒がしい。

「子爵様！　全員が円の内側に入りました！」

――良し！　次元潜行スタンバイ。

魔力チャージが終わった強化外装が、足下の円を基準にドーム型の魔力障壁で包む。

「溶岩がっ」

皇子が必死の形相で叫ぶ。

――次元潜行開始。

溶岩が到達する寸前に、オレ達は足下に現れた次元断層から、鈍色の空間へと飛び込んだ。

「せーふ」

「間一髪だったのです」

「いやー、はらはらドキドキだったわね」

「イエス・アリサ。アトラクションにしたら人気が出ると告げます」

オレを信頼してくれているからか、仲間達がお気楽な感想を口にする。

「何がアトラクションだ！　死ぬところだったではないか！」

「殿下の仰るとおり！」

「この件は、サガ帝国を通じてシガ王国に抗議させてもらうぞ」

皇子と取り巻きが騒ぐのを聞き流す。

「殿下、窮地を救ってくださったペンドラゴン子爵にその態度はいかがなものかと」

「そうそう。ペンペンがいなかったら、最低でも大火傷は間違いなかったぞ」

「だな～、マジヤバかったぜ」

太鼓腹従者と勇者セイギ、勇者ユウキがフォローしてくれた。

「ペンドラゴン子爵、私の記憶違いでなければ、これは勇者の御座船ジュールベルヌの次元潜行と同じ光景に思えるのですが、シガ王国は次元潜行の技術を手にしたのですか？」

翼人従者が真剣な顔で尋ねてきた。

エチゴヤ商会の研究所で次元潜行の技術が開発されたのは事実なのだが、それをオレが勝手に公表するのはマズい。

なので、ちょっと誤魔化しの回答でお茶を濁す事にした。

「これはシガ王国で作られたものではありません。砂糖航路を旅している時に、沈没船からフルー帝国時代の貴重な品々を手に入れたのです」

嘘は言っていない。この次元潜行ユニットはシガ王国ではなく、ボルエナンの森にある研究所で作った品だし、オレが砂糖航路を旅している時に沈没船からフルー帝国時代の遺物を幾つも手に入れたのは事実だ。

ユニークスキルを隠している勇者達の中に、真実看破系のスキルを持つ者がいたら困るから、こんな風な言い方にした。

「だが、その秘宝を解析すれば――」

「それに、この道具はジュールベルヌの次元潜行と違い、一時的に異空間に避難するだけの機能しかありません。複製できたとしても、今回のように緊急避難に使うのが関の山です。起動に莫大な魔力を必要とするので、フルー帝国時代の『蒼貨』が必要になりますし」

「蒼貨――『賢者の石』をですか」

「それはまた……」

オレの回答を聞いた翼人従者と太鼓腹従者が難しい顔で唸った。

ストレージにたくさんあるけど、世間的に蒼貨は結構レアな貴重品だからね。

「それでもこの秘宝を解析したいというのであれば、正式にサガ帝国からシガ王国にその旨を打診してください」

まあ、これだけ言っておけば大丈夫だろう。

天井から降り注いだ溶岩がなかなか冷えてくれなかったけど、遠話(テレフオン)でタマに指示して氷遁(ひょうとん)の術で強制的に凍らせてから、元の空間に復帰した。

「魔物はいないみたいね」

「溶岩に押し流されたのでしょう」

アリサとリザが周囲を見回しながら言う。

オレ達と戦っていた魔物は影も形も残っていない。

「冒険者さん達はまだ戦っているみたいです」

「イエス。残敵は少数だと告げます」

残っているのは石鼠だけみたいだし、地元冒険者の方は放置のままで問題ないだろう。

見た感じ、彼らのいるあたりまでは、溶岩が降り注がなかったようだ。

「遅いわよ」

タマと一緒に先に戻っていた勇者メイコが開口一番文句を言う。

「メイコちゃんも無事だったんだね」

「よく無事だったな」

「この子が助けてくれたのよ」

「タマはお助け忍者さん～？」

「そっか、メイコを助けてくれてありがとうな」

「にへへ～」

勇者達に褒められて、タマが照れてくねくねしている。

「冷えた溶岩が固まった範囲を見ると背筋が寒くなりますね」

「そうだね、ミェーカ殿。大量の溶岩が私達のいた区画を完全に塗りつぶしている。ペンドラゴン子爵が秘宝を使ってくれていなければ、私達にも大きな被害が出ていただろう」

翼人従者と太鼓腹従者の言葉を聞いて、勇者達は自分達がいかに危険な状況だったかを悟って顔を青くしている。

まあ、油断するよりはいいだろう。

「それにしても、迷宮主ってば本気で殺しに来てるわね」

アリサが言うように、夢幻迷宮は殺意が高すぎる。

「え？　迷宮のトラップとかじゃなかったのか？」

「地元冒険者達の会話を聞く限り、ここにそんなトラップはなかったようです」

オレ達の会話を聞いた勇者セイギが尋ねてきたので、聞き耳スキルで聞いた話をしてやる。

「いつの間に、そんな情報収集を……」

太鼓腹従者が驚愕の顔で見てくるが、それはサクッとスルーした。

「腹ぴこ～？」

「ポチも運動してお腹が減ったのです」

「二人とも、水分補給も忘れてはいけませんよ」

獣娘達のお腹がくるくると三重奏を奏でる。

魔物の再襲撃もないようなので、壁際に移動してからお昼ご飯となった。マップを見る限り、このあたりに溶岩が降り注ぐようなルートはないので大丈夫だろう。

「今日のお昼は何？」

「これだけ暑いし、食べやすいものがいいか？」

タマの忍術で冷やされたとはいえ、天井からの溶岩フォールで熱せられた空気は、真夏の日本もかくやという気温だ。

鍋や熱々の料理は食が進まないと思う。

「冷や奴とか冷麺？」

「肉～？」

「ポチはスタミナさんが大好きなお肉がいいと思うのです！」

アリサがさっぱりメニューを言った途端、タマとポチが肉をリクエストした。

そういえば、道中もコンストラクト系の魔物ラッシュにテンションが下がっていたもんね。

「なら、生姜焼きも足そうか」

冷麺の準備をルルとリザに頼み、オレは大型のホットプレート風の魔法道具(マジック・アイテム)で生姜焼きを大量生産する。

「ううっ、良い匂(にお)いすぎる！」

「ペンペン、それって俺達の分もあるよな？　あるよな？」

生姜焼きの匂いに勇者セイギと勇者ユウキが釣れた。

「もちろんですよ」

振る舞う気がないなら、匂いが漏れないように「風壁(エア・カーテン)」の魔法で囲っていたよ。

お代わりしなくていいように、食べ盛りの子供達のお皿は肉を山盛りにしてある。もちろん、獣娘達のお皿も同様だ。

「肉が特盛り～？」

「ちあき肉躍るのですよ！」

タマとポチがずんちゃっちゃと踊る。

「お前らも肉好きか？」

「はいなのです。お肉は元気のエネルールなのですよ！」

どこかで聞いたフレーズだ。

「メイコ様達もどうぞ」

勇者メイコがこちらをチラチラと見ているので、そちらにも生姜焼きのお皿を回す。

「よかったね、メイコちゃん」

「わ、私は別に欲しいなんて言ってない」

勇者フウに話を振られた勇者メイコが、ツンデレな返事をする。

「いらないの？」

「いらないとは言ってないでしょ！　食べる。食べます！　だから下げないで！」

アリサがニヤリと意地悪な顔になって皿を戻そうとすると、勇者メイコが飛びつくように懇願した。

「あはは、メイコちゃんの好物だもんね」

勇者フウが皿を受け取りながら暴露する。

「ソラ様も温かいうちにどうぞ」

「ありがとう、ルルさん」

遠慮して順番を待っていた勇者ソラに、ルルがお盆に載せたお昼セットを渡す。

周りの地元冒険者達が羨ましそうにこっちを見ているけど、さすがに君達の分まではないので諦めてほしい。

「涼し」

「イエス・ミーア」

食事が始まる頃に涼やかな風が流れてきた。

氷魔法や風魔法を使える従者達が、涼風を流してくれている。なかなか気が利くね。

皆に料理が行き渡ったので、オレも食事を摂る。

「ご主人様は冷麺？」

「そうだよ」

生姜焼きも美味しいけど、この暑さで食べる気にならない。

獣娘達や若者達に譲ろう――って、オレも今は高校生くらいの肉体年齢だっけ。

それはともかく、冷麺に手を付ける。

ごまダレも美味しいが今日はさっぱりとしたレモン汁で食べよう。

千切りキュウリのシャキシャキと麺のもちっと感がいい。縮れ麺に絡むレモン汁で後味もさっぱりだ。

半分に割ったゆで卵は序盤で食べちゃったけど、割いた蒸し鳥やワカメのトッピングがあるから、単調にならずに最後まで楽しめる。

やっぱり、冷麺は美味しいね。

「美味(うま)っ、美味っ。食事係として来てほしー」

「全くだ。ペンペンじゃなくてルルさんだけでも来てほしいぜ」

「むしろ、ルルさんに来てほしい。アイドル顔負けな美人のうえに、料理上手なお嫁さんとか憧(あこが)れるよなー」

生姜焼き組も賑やかだ。勇者セイギと勇者ユウキがバクバクと食べながら、思春期の少年達らしい発言をしている。

ルルはオレや身内以外から外見を褒められた経験が少ないからか、ちょっと困り顔だ。

「まったく、これだから男子は……」

「あはは」

勇者メイコはそんな二人に軽蔑(けいべつ)の目を向け、勇者フウが他人事(ひとごと)のように笑う。

勇者ソラはコメントを付ける事なく、年下の勇者達を聖母のような笑みで見守っている。

男子と女子、中学生と高校生では、内面の成長に差があるみたいだ。

「勇者様のあれ、本気で言ってるのか？」

「信じられんが本気みたいだぞ。勇者様方と我々では女性の好みが違うようだな」

従者の男性がひそひそと会話するのを聞き耳スキルが拾ってきた。

ルルの美貌が分からないなんて、相変わらずこっちの世界の美醜判定は度しがたいね。


「――ふう、美味かった。満腹、満腹」

「俺はまだまだお代わりしたかったぜ」

勇者セイギと勇者ユウキは早食いタイプらしい。

「食事はもっとよく噛んで食べなさいよ」

「いいだろ、別に。母さんみたいな事言うな」

勇者メイコの小言に、勇者ユウキが反発する。

「それより、セイギ。ユニークスキルで魔王を探そうぜ。ここからなら、魔王の所まで届くかもしれないからな」

「せっかちだなー、食後の休憩くらいさせてよ」

「いいから、やれよ～」

「もー、仕方ないなー」

肩を揺する勇者ユウキに折れ、勇者セイギが立ち上がる。

「それじゃ、行くぞ――『邪悪探索（わるものはどこだ）』」

勇者セイギの身体を青い光が流れる。

二人の会話からして、魔王がいる場所を探すユニークスキルらしい。


「――ヤバっ！」

勇者セイギが慌てて振り向いた。

「魔王がいる！　ものすごく近くだ！」

魔王とピエロ

〝サトゥーです。ピエロといえばサーカスに欠かせない人気者ですが、最近ではホラー映画で活躍するせいか、苦手意識を持った時期がありました。もっとも、友人の言った「ピエロならハンバーガー屋にもいるじゃん」の一言で、平気になりましたけどね。〟


「魔王はこっちだ！」

勇者セイギが駆け出す。

それに勇者ユウキが続き、勇者メイコが追い抜いて勇者セイギに並ぶ。

「大変、大変～」

「えまーじぇんしーなのです！」

タマとポチの二人も三勇者に釣られて駆け出した。

「待ちなさい、二人とも！」

「追いかけよう」

リザと一緒に追いかける。

「その通路の先だ！」

「分かった！」

勇者メイコが勇者セイギを置き去りにして駆け抜ける。

ポチとタマに続いて、オレ達も勇者セイギを追い越した。

――いた。

そこには幾体もの殺戮人形（キリング・ドール）の残骸と怪我（けが）をした女性人族の冒険者達、そして――。

「あんたが魔王ね！」

勇者メイコが剣を突きつける先には、こちらに背を向けた鼬人がいた。

迷宮に似つかわしくない遊び人スタイルをした怪しげな人物だ。

「俺ちゃんが魔王？」

そいつが、おもむろに振り返った。

「あんたは！　前に見た時も怪しいと思ったのよ！　やっぱり、あんたが魔王だったのね！」

勇者メイコに殺気を向けられながらも、鼬人は飄々とした様子だ。

オレが追いついたのに気付いたポチとタマが、オレの背後に隠れる。

「ああ、ジャリ勇者の喧嘩っぱやいヤツじゃん。何ちゃんだっけ？」

鼬人が思い出したという顔でにんまりと嗤（わら）う。

知っている顔だ。名前は確か――。

「あれ？　タクヤ兄ちゃん？」

追いついてきた勇者セイギが、鼬人を見て気が抜けた声を出す。

そう、彼はデジマ島で会った、遊び人で聖堂騎士のタクヤーモーリだ。まさか夢幻迷宮内でも、遊び人スタイルのままだとは。

「セイギ、魔王の反応はこいつよね？」

「魔王って言うか、悪人の反応はタクヤ兄ちゃんを指してる」

勇者メイコの問いに、勇者セイギが戸惑いの声を返す。

「えー、俺ちゃん、そんなに悪人？」

タクヤが背後で蹲(うずくま)る女性冒険者達に視線を向けた。

「待ってください！」

「このヒトはあたし達を助けてくれたんです！」

女性冒険者達がタクヤを擁護する。

「え？　そうなの？」

勇者メイコが困惑の声を漏らす。

うん、その気持ちは分かる。彼の表情や仕草やしゃべり方のどれもが、怪しいもんね。

物語の最後で「実は悪者でした」って言われても、「あ、やっぱり」って言っちゃいそうだ。

「ちっ、やっぱり魔王じゃない、か……」

勇者メイコがタクヤを睨み付けて、不満そうに呟いた。

たぶん、鑑定(アナライズ)スキルでタクヤのステータスを確認したのだろう。「やっぱり」って言っているのと、さっきの様子からして以前にもタクヤに会った事があるようだ。

そういえば勇者ユウキが「タクヤ兄ちゃんはメイコと正面から斬り合えるんだぜ」なんて言って

たっけ。

「ごめんごめん、ボクのユニークスキルは邪悪な存在を探すだけで、魔王限定じゃないんだよ」

「その言い方は風評被害が過ぎるじゃん」

　勇者セイギの言葉に、タクヤが唇を尖らせる。


「——いたぞ！　あそこだ！」

　通路の前方から、そんな声とドタバタという足音が聞こえてきた。

　後方から接近するのは翼人従者(ミエーカ)を始めとした人達だが——。

「見つけたわよ、タクヤーモーリ！」

　通路の前方から姿を現したのは、兵士達を連れた鼬人の女騎士だった。

「えっと、誰ちゃんだったっけ？」

　タクヤが訝(いぶか)しげな顔で女騎士を見る。

「お貴族様の寡婦を騙(だま)して貢がせた罪でお前を連行しにきた！」

「お貴族様の寡婦って、誰ちゃん？　リマナーソーミ？　それともクハナーラーニ？　それと後は誰だっけ？」

　激昂する女騎士に、タクヤが戯(おど)けたように返す。

「そ、そんなに騙しているのか?!」

「えー、俺ちゃん騙してなんかいないじゃん？　皆と純粋な自由恋愛しているだけじゃん」

目を剥く女騎士にタクヤが嘯(うそぶ)く。

なるほど、ロマンス詐欺的なヤツか。それは勇者セイギのユニークスキルで邪悪判定されても仕方ない。

「ええい、そこになおれ！」

「こりゃマズいじゃ～ん」

女騎士の斬撃(ざんげき)をおちゃらけた仕草で避(よ)ける。

まあ、レベルが倍以上違うし、仲裁するまでもないだろう。

「そこだ！　やれ！」

「もうちょい右！　あー、惜しい！」

「ちょっと待て、お前ら！　応援するなら、普通は知り合いの俺ちゃんじゃん？」

女騎士を応援する勇者ユウキと勇者セイギを見て、タクヤが冗談交じりの抗議の声を上げた。

「あはは」

「がんばぇー」

「雑な応援ありがとうじゃん――うあっと危ないじゃん」

タクヤがアクロバティックな動きで女騎士の横切りを回避する。

しばらくじゃれ合うように女騎士の剣を避けまくった後、「まったな～」と言って走り去っていった。

「なんなのあいつ？」

冷めた目で眺めていた勇者メイコが、呆れた声を出す。

「面白いだろ？」

「面白くないわよ。それよりも、さっさともう一回魔王を探しなさいよ」

「へーい」

勇者メイコに促され、勇者セイギがユニークスキルを再使用する。

彼のユニークスキルは連発しても負荷が少ないらしい。

「うーん、近いのはタクヤ兄ちゃんだろうし……あっ、いた。あっち。だいぶ遠いけど、ギリで探知圏内に入っている」

勇者セイギが指さす方向を、３Ｄ表示したマップで確認すると鼠人の魔王がいた。

迷宮に入った時はいなかったから、ここまでの移動中にどこからか現れたのだろう。

「――ご主人様」

アリサが小声で尋ねてきたので頷いてやる。

「ネズたん？」

「ちょっと待って」

マップの詳細情報を確認する。

ユニークスキルは非表示、名前は……ネズだ。鼬皇帝に保護されたはずの彼が、どうしてこんな場所にいるのかは分からない。一緒にいるはずのケイはマップ検索に引っかからなかった。

「ご主人様、移動を開始するようです」

迷宮に入った時と同じ隊列で迷宮を進む。

移動しながら、空間魔法の「遠見（クレアボヤンス）」でネズの様子を確認する。

ネズは何かの装置に黒い靄（もや）を充填しているようだ。マップ情報によると、装置は「アラヤシキγ（ガンマ）3」という名前なのはすぐに分かったが、なんの為の装置かはさっぱり分からない。

『ネズさん、聞こえるか？　オレだ。スィルガ王国の遺跡や穴鼠自治領で会ったサトゥーだ』

空間魔法の「遠話（テレフォン）」でネズに話しかけてみたが、ミュートされているかのように応答がない。

「ネズたんってあんな顔だっけ？」

「――顔？」

アリサに言われて、もう一度確認する。

ネズの顔に、前にはなかった大きな切り傷ができていた。

前は穏和というか気弱そうな顔付きだったのに、鼬帝国の帝都で何があったのか、すさんだ顔をしている。

「どう？」

「服の傾向は同じだけど、魔王化が進んでいるのか体毛が黒ずんで暗紫色になっているね」

鼠人の顔付きは見分けが付きにくい上に、雰囲気が違いすぎて判別が付かない。

「声掛けしてみる？」

「それはもうやったけど、ダメだった」

遠話は相手に拒絶されると通じないからね。

「なら、勇者よりも先回りして対面で説得するっきゃないわね」

オレも同感だが、経路的に先回りは不可能のようだ。

「だったら、向こうに着いてから偵察役を買って出て、先に接触するしかないわね」

「うん、その方針で行こう」

逸る気持ちを抑え、先導する勇者達の後を追う。

狭い通路を抜けると広大な空間があり、その大部分を大穴が占めている。

「わお～？」

「ヤバヤバのヤバサンなのです」

「イエス・ポチ。溶鉱炉への直通路のようだと告げます」

大穴は垂直の断崖になっており、その深い深い底には煮えたぎるマグマが微かに見える。

断崖には無数の石板が生えていて、穴の底へと続く螺旋階段を構成しているようだ。

「これから階段を下ります。罠が多いので、壁や床に刻んだ目印を見落とさないように」

翼人従者が皆に注意し、大穴の側面を螺旋状に下る危険な階段を下りる。

階段の途中に横穴があり、その先は幾つもの小部屋を擁する小ダンジョン的な構造になっている。

行き止まりになっている横穴は少なく、たいてい他の横穴に繋がっているようだ。

「うわあああああああああああ」

従者の一人が足下の目印を見落として、罠を発動させてしまった。

螺旋階段を構成する石板が数枚ほど消えて、従者が宙ぶらりんになっている。どうやら、失敗に備えて命綱で互いを結んでいたようだ。

従者はすぐに助け出され、消えた石板の代わりに頑丈なロープが張られた。

「一人ずつ渡ってください」

「うわー、迫力ぅ。なんかのアトラクションみたいだ」

「いや、これはムリでしょ」

勇者ユウキは緊迫感のない事を言ってすいすいと渡ったが、勇者セイギは足が竦んで立ち止まってしまった。

「勇者セイギは私が運びましょう」

「え、マジで？」

翼人従者が勇者セイギを抱えて運ぶ。

思春期の少年には刺激が強かったのか、美女に後ろから抱きつかれた勇者セイギが、真っ赤な顔で鼻の下を伸ばしている。

「このー、棚ぼたしやがって」

「えへへへ」

少年勇者二人の馬鹿話を見て、勇者メイコが「これだから男って」と言って、二人に蔑みの目を向けている。

続けて彼らの従者達も渡り、オレ達の番になった。

「一番手は私だと宣言します」

ナナが軽やかなロープワークで移動を完了する。

「これはムリだわ。タイトロープを渡るのは目隠しじゃなくてもムリ」

イマイチ意味が分からないが、アリサが動揺しているのは分かった。

足を踏み外したところで、アリサなら無詠唱の近距離転移で、いくらでも安全地帯に戻れるだろうに。

「サトゥー」

ミーアが「運べ」とばかりに両手を広げたので、ミーアと一緒にアリサも抱えて、石板の消えた段を飛び越える。アリサから絶叫が迸(ほとばし)ったが、すぐに静かになった。

「タマもやる～」

「あわわわわ」

タマが尻込(しりご)みするポチを抱えてジャンプした。

勢い余って飛び越えかけたので、キャッチしてやる。

「さんきゅ～」

「やる前に言ってほしいのです！　タマは思い切りが良すぎるのですよ」

「ごめんごめん～」

ポチの猛抗議を受け、タマが反省のポーズで謝る。

そういえばリザも高所恐怖症だったっけ――。

「ありがとうございます、リザさん」

「このくらい大した事はありません」

振り向いた先では、ルルを抱えたリザが着地していた。

空歩が使える今のリザにとって、この程度の跳躍は恐怖でもなんでもないらしい。

そんなハプニングを何度か挟み、オレ達は目的の階層へと辿り着いた。

◆

「――却下だ」

偵察班に名乗り出るも皇子や取り巻き達に拒否された。

皇子が全体のリーダーというわけではないはずだが、皇族としての権威に加えて、勇者一行の中にも彼の発言に異を唱える者がいなかったので、それ以上は抗弁しなかった。

ちなみに、ネズにはあれから何度も「遠話」で話しかけたが、一度も応答はない。

「殿下、安全地帯とはいえ、魔王がいる広場も近うございます。もう少し声をお落としください」

太鼓腹従者に注意され、皇子がばつの悪そうな顔になった。

ここは魔王がいる広場へと繋がる幅広の通路だ。この通路周辺にいた魔物は、広場から離れた場所に釣り出して殲滅してある。魔物のリポップ間隔にもよるだろうけど、しばらくは安全地帯と言っても過言ではないはずだ。

マップ情報によると、通路はドーム型をした大広場の三合目くらいの場所に繋がっているようだ。

そんな事を考えていると、太鼓腹従者がこっちに来た。

「ミサナリーア様、先ほどのように精霊を出して、後方の通路や亀裂を警戒していただけないでしょうか？」

「分かった。■■■……」

太鼓腹従者の要請でミーアがシルフ召喚の詠唱を始める。

「ピエロ魔族の警戒ですか？」

「ええ、そうです。待機中の斥候達にも警戒させていますが――」

目配せする彼の視線を追うと、斥候達は周辺警戒よりもネズがいる方角を気にする様子が見て取れる。

ミーアの詠唱が終わり、小シルフ達を周囲に放った頃、勇者メイコの斥候従者が偵察を終えて戻ってきた。

「報告せよ」

「この先の広場に魔王を発見。件のピエロ魔族の姿はなし。魔王は何かの作業に集中していて、こちらに背を見せて隙だらけに見えました」

皇子の命令で斥候従者が答える。

「好機だ。――作戦を伝える」

まるで自分で作戦を考えたような口調だが、実際に作戦を考えたのは翼人従者を始めとする現場の人間達だ。

「待ってください。魔王がいる広場に、他の通路はありましたか？」

逸る皇子を制止して、太鼓腹従者が斥候従者に尋ねる。

「広場の奥、魔王がいる場所の先に通路がありましたが、そちらは魔王に気付かれる可能性が高いので調査していません」

「そうですか……」

太鼓腹従者は心配そうだが、その通路は少し奥で行き止まりになっており、そこに伏兵は潜んでいない。

「でしたら、私達がその調査を――」

「却下だ！　まったく隙あらばしゃしゃり出ようとしおって！」

好機だと思って提案したら、皇子が即行で割り込んできて拒否した。

「通路の先に伏兵が潜んでいた場合の対策を考えておけば問題ない。突入と同時に、斥候達を奥の通路に送り込む」

功績の独占を望む皇子にしてはまともな提案なので、周りから反対も出なかった。

「改めて作戦を伝える」

皇子が中断していた作戦指示を続ける。

オレは作戦会議に呼ばれていないが、現場組で折衝済みらしく、どこからも文句は出ない。

勇者各班に指示出しを終えた皇子がオレ達に視線を向ける。

「ペンドラゴン子爵達は魔族が現れた時の対処を任せる」

やはりそう来たか。

「承知いたしました」

「具体的には、ここで輜重班を守ってもらう」

「あやつらは後方を襲って攪乱するのを好みますからな」

「『魔王殺し』殿がいれば輜重班も安泰でしょう」

オレが承諾すると、皇子がしてやったりとばかりに詳細を告げ、皇子の取り巻き達もここぞとばかりに嘲笑する。

皇子は魔王討伐の功績を分散したくないらしい。

まあ、それは別にどうでもいい。オレが現状で望むのはネズとコンタクトする事だ。

「ご主人様、どうする？」

「大丈夫だよ」

ここからでも声は届けられる。

陣形の最終打ち合わせをする勇者達から離れ、壁際で魔法を使う。

――風の囁き。

遠くまで声を届ける風魔法だ。

これは空間魔法の「遠話」みたいに着信拒否はできない。

『ネズさん、聞こえるかネズさん――』

先に使っておいた「遠見」の魔法経由で、ネズが装置から顔を上げて訝しげに周囲を見回すのが見えた。

　よし、声は届いた。

『――オレだ。サトゥーだ。答えてくれ』

　だが、ネズはヂュウヂュウと鼠のような唸り声を上げるだけで、明確な言葉を返してくれない。

　念の為に日本語で繰り返してみたが、結果は同じだった。

　魔王化でネズの自我が失われてしまっているのだろうか？

「殿下！　魔王が行動を変えました！」

「なんだと⁉」

　おっと、オレがネズに声を掛けた事で、皇子達が騒ぎ出してしまった。

「皆、準備はいいな？　広場に向かうぞ！」

　皇子がそう宣言して足早に広場に向かう。

　風魔法が使える従者の一人が、足音や鎧がぶつかる金属音を消す魔法を掛けているので、その足取りは非常に静かだ。

　ネズはまだ皇子達に気付いていない。

『勇者ユウキ、行けるか？』

『おう！　任せろ！』

　ネズの監視に置いておいた「遠見」が広場に到着した皇子達を映し出す。

『――眷属同調（みんなのちからをぼくに）』

勇者ユウキの身体を包んだ青い光が、彼の従者達の間に広がる。

——おおっ。

従者達の魔力ゲージが凄い勢いで減り、勇者ユウキの魔力ゲージがバグったように本来の最大値を超えて増えていく。

急激な魔力消耗に、何人かの従者達が膝を突いた。

『浪漫爆裂——』

再び青い光が勇者ユウキを包む。

これはヤバそうだ。オレは「風の囁き」を再発動して『ネズさん、防御しろ!』と声を掛けた。

勇者達には悪いけど、こんなブースト状態で放つ上級攻撃魔法を喰らったら、ネズが一撃死しかねないからね。

『喰らえ、——火炎地獄!』

アリサの使う「火炎地獄」を超える火炎の奔流がネズを襲う。

勇者ユウキは魔王がネズではないと考えているからか、その攻撃に一切の手加減はない。

「大丈夫かしら?」

「ああ、見てごらん」

心配するアリサを抱え上げてネズの現状を見せる。

ネズはオレの助言に従ってか、既に防御用の巨大盾の陰に身を隠していて、大きなダメージは負っていない。

――ZYWWUUUWZ。

ネズの咆哮が火炎の渦を消し飛ばす。

『ちっ、魔王の盾を破壊しただけか』

『くそっ、勘のいい魔王め！』

ネズの健在な様子を見て、勇者ユウキが悔しそうに唸る。

『それで十分よ――行くわ！』

勇者メイコがネズを目指して広場へと飛び出した。

他の近接戦闘系の従者達や勇者ソラ、勇者セイギも彼女に続く。

「ちょっ、味方が突っ込んでいるのになんで攻撃魔法を撃ってんのよ」

次々に魔法を放ち始めた魔法使い系従者達の所業に、オレと同じく遠見で観戦していたアリサが慌てた声を出す。

「ネズへの牽制だと思うけど、勇者メイコを巻き込みそうで怖いね」

留守番の輜重班に聞こえないよう小声でアリサに話す。

「にゅ！」

足下を揺らす震動と、連続する轟音が届いた。

「凄い音と揺れなのです！」

「魔王の攻撃のようですね」

リザの言葉に首肯してやる。

「戦闘が始まったのなら、もう魔法を使っても構うまい」

輜重班のリーダーが、部下の一人に命じて何か魔法を使わせた。

光魔法――。

光魔法の詠唱が終了し、安全地帯の一角に長方形の光が生じる。

「さすが『魔王殺し』殿。博識だな」

「――『鏡 窓』の魔法ですか？」

「映った～？」

「ネズミさんと勇者のヒト達の戦いなのですよ！」

光に映し出されたのは広場での戦闘だった。

「広場の映像を鏡みたいに映す魔法だ」

「どうして、偵察の時に使わなかったの？」

「これは暗い場所にいる相手に使うと気付かれやすいんだよ」

アリサの問いに、光魔法使いが答える。

広場を監視する「遠見」の視界でも、「鏡窓」の覗き窓的な長方形の光が浮かび上がっているのが分かる。確かに、戦闘開始前に使ったら即バレしそうだ。

「やばやば～？」

「とっても強そうなのです！」

今にも「鏡窓」に飛び込みそうなタマとポチの視線の先では、ネズが装甲を変形させミサイル発射口のようなモノを展開していた。

　そんなネズに勇者メイコが果敢に挑みかかる。

「魔王ミサイルだと告げます」

　勇者メイコの剣がネズへ届く前に、ネズの武装が次々に火を噴いて、無数の砲弾や小さなミサイルが豪雨のように勇者メイコ達へと降り注いだ。

　逃げ場がないほどの苛烈(かれつ)な攻撃を、勇者メイコは全て避(よ)け、あるいは砲弾自らが勝手に外れていく。

　おそらく、勇者メイコのユニークスキル「無敵の機動(あたることなし)」の効果だろう。

「えまーじぇん～？」

「危険が危ないのです！」

「ご主人様、前衛の人達が大変です」

　タマ、ポチ、ルルが言うように、ミサイルの至近弾を受けて、前衛系の従者達に多大な被害が出始める。

　防御用の魔法やサガ帝国製の優秀な防具、何より高レベルゆえの高いステータスと体力値(HP)のお陰でなんとか生き延びているが、誰も彼も満身創痍(まんしんそうい)だ。

　勇者セイギは彼の従者達が守り、自分の従者達を守ろうとした勇者ソラは傷だらけになっている。

　勇者ユウキを始めとする後衛達は、広場の入り口にある岩を遮蔽物(しゃへいぶつ)にして前衛達を援護する。

『――セイギ！』

『ユウキ、あなたの出番はまだです。魔力回復に努めなさい』

飛び出そうとする勇者ユウキの肩を、翼人従者が止める。

『ええい、不甲斐(ふがい)ない！　それでも勇者か！』

皇子は後衛達のいる岩陰から身を乗り出してヒステリックに叫ぶだけだ。

『負傷者を救助に向かいます。後衛は私達に身体強化魔法を！』

それを見かねたのか、勇者ユウキの魔法攻撃に全魔力を提供して動けなかった翼人従者が、皇子の代わりに指揮を執る。

ネズが勇者メイコの攻撃から逃げながら、次の攻撃準備に入るのが見えた。

「まずいですね。今、追加の攻撃を受けたらひとたまりもありません」

「『魔王殺し』殿、行ってください。ここは我らだけでなんとかします」

「皇子の命令に逆らう事になりますよ？」

「なら、補給物資の運搬にご協力ください」

なるほど、それを言い訳に行ってこいって事か。

オレは輜重班のリーダーが手渡してくれた補給物資の小箱を抱えて広場へと向かう。

仲間達も同じように小箱を抱えてオレの後に続く。

「補給物資をお持ちしました」

そう告げるオレの視線の先で、ネズが無数の砲弾やミサイルを放つのが見えた。

「何をしに来たペンドラゴン！」

オレに気付いた皇子が、状況も忘れて文句を言ってきたがスルーする。

「ルル、味方に被弾しそうな攻撃を撃墜するぞ」

「分かりました――狙い、撃ちます」

ルルが狙撃用の長銃身型火杖銃でネズの放った砲弾やミサイルを撃墜していく。

オレも同じ魔法銃でそれを補佐する。

「馬鹿な！　魔王の砲弾を撃墜するだと⁈」

「あ、あれが『魔王殺し』の実力だというのか！」

「ありえん、非常識すぎる！」

「魔法の武器、おそらくは高い追尾能力を有する迷宮産の秘宝でしょう」

皇子や取り巻きや非魔法使い系の後衛従者が、ルルとオレの狙撃を見て騒がしい。

――ZYGWWWZ。

爆煙の向こうから、ネズの悲鳴が聞こえた。勇者メイコの斬撃が決まったようだ。

そうそう殺される事はないだろうけど、ネズが倒される前に、なんとか正気に戻してやりたい。

――ZYWWUUWZ。

ネズが至近距離から全方位放電攻撃を放つが、それさえも勇者メイコには届かない。

「手が足りません。ペンドラゴン子爵もご助力を」

「ならん！」

怪我人を抱えて戻った翼人従者の要請を、皇子が遮った。

この期に及んで、まだ功績にこだわっているらしい。

「ならば、殿下や護衛の皆さんが救助にご協力いただけますか？」

ちょっと棘のある翼人従者の言葉に、皇子や側近達が罵詈雑言を返してくる。

さすがに相手にしている時間が惜しい。

「リザ、ポチ、タマ、ナナは怪我人の救助、ルルは狙撃を継続、ミーアは小シルフに同調して周辺警戒を続行、アリサは臨機応変に頼む」

オレは仲間達に指示を出し、翼人従者達の再突撃に合わせて岩陰を飛び出した。

まだ、背後から皇子が罵詈雑言を叫んでいたが、耳を貸す気はない。

オレ達はネズの攻撃を回避しながら、前衛達の転がっている場所へと向かう。

ネズはオレ達の事が分からないのか容赦のない攻撃を浴びせてくる。

「たわいなし～？」

「ちょいやーなのです」

ネズの攻撃を回避しながら進むが、ポチは小盾頼りで危なっかしい。

ちょっと気になるけど、使い捨て防御盾のファランクスがあるし、タマが要所要所でフォローしているから大丈夫だろう。

「ご主人様、こちらはお任せください」

「ありがとう、リザ」

救助を獣娘達とナナに任せ、オレはネズの傍に駆け込む。

いつの間にか、ネズが身に纏うフルアーマーが変更されて、背中から千手観音のような機械腕が生えて、その腕の先にガトリング砲やショットガンといった多様な武装が施されている。

「ネズさん！」

腹話術スキルの助けを借りて、ネズの耳元に呼びかけるも、答えの代わりに剣爪の斬撃が襲ってきた。

近くまで来ると、ネズの身体から溢れ出すような濃い瘴気が見える。

「性欲魔人！　あれをなんとかしなさい！」

勇者メイコの言う「あれ」とは、ネズに捕まって盾代わりにされている勇者メイコのイケメン従者だ。

「分かりました！　私が囮になっている間に救助してください」

オレはネズの攻撃を掻い潜り、頭部に取り付いて注意を引く。

ネズには悪いが、イケメン従者を捕縛する機械腕を妖精剣で切断する。

「今です！」

「私が戻るまで、魔王を倒すんじゃないわよ」

勇者メイコはそんな言葉を残し、落下したイケメン従者を回収して後方へ連れていく。

——よし、ネズを正気に戻すなら今のうちだ。

「ネズさん！　ケイはどこだ?!」

彼なら自分の事よりもケイの事を気にするはずなので名前を出したのだが、まるで無反応のままオレに攻撃を繰り返す。

言葉でダメなら行動だ。ネズから溢れ出る瘴気を剥がすがネズの反応に変化はない。

「そのまま注意を引いてなさい」

勇者メイコが叫ぶのが聞こえた。

――早い。もう、戻ってきたのか。

「我が無銘の聖剣に――最強の刀（きれぬものなし）！」

青い光を帯びた勇者メイコが、日本刀のようなフォルムの聖剣でネズに斬りかかる。

ネズは機械腕を前に集めて防御するが、このままだと真っ二つだ。

勇者メイコには悪いが、常時発動している「理力の手（マジック・ハンド）」でネズの足を引っ張って体勢を崩させる。

「ちぃ、悪運の強い！」

聖剣が当たる寸前で、ネズの体勢が崩れて肩口を切り裂くに留（とど）まる。

すかさず放たれたネズの反撃を、勇者メイコは距離を取って躱（かわ）す。

――え？

傷口がおかしい。

無残な傷口の下から覗くのは、岩の肌。

オレは回り込んで、ネズの傷口から覗く岩の肌を殴ってみると、その下はゴーレムのように岩のみだった。

オレの記憶が確かなら、ネズのユニークスキルは身体の内側から変化するモノではなかったはずだ。その証拠に、マキワ戦争の時にはネズがロボ・ボディの下から出血していた覚えがある。

「まさか――」

オレはマップを確認する。

「避けなさい！」

勇者メイコの声とほぼ同時に、横殴りのネズの一撃が迫ってきた。

オレはその豪腕の勢いを利用して戦場から離脱する。

「――ご主人様」

「マスターは私が守ると告げます」

地面を転がるオレをリザが受け止め、ナナが追撃の砲弾を大盾で防ぎ止める。

「少しの間、頼む」

「イエス・マスター」「承知！」

オレの頼みを二人が声を揃えて快諾する。

守りは二人に任せ、もう一度マップを開いて、ネズを確認する。

目の前の「ネズ」ではなく、マップのマーカー一覧の方だ。

「――やはりそうか」

ネズのマーカーの位置は未だに「マップの存在しない空間」にある。

この「ネズ」はオレの知るネズとは別人――別魔王だ。

そう理解した瞬間、「ネズ」の身体が二重写しに見えた。フルアーマー鼠魔王の身体に岩ゴーレムの姿が重なって見えたのだ。

それはすぐに紫色の光と共に「ネズ」の姿に戻る。

だが、ＡＲ表示の情報は変わったままだ。種族が「魔王」から「魔王（偽装中）」と「変装岩巨人（イミテーション・ロックゴーレム）」の二重表示に変わった。

さっきの紫色の光からして、魔王か転生者のユニークスキルだと思う。

どうやら、こいつの背後には、謎の黒幕が潜んでいるようだ。

「うおおおおおおおお」

「畜生っ、ヤツらが出たぞ！」

後方で悲鳴が上がる。

——フォン。

『サトゥー、ピエロ』

オレの傍らに小シルフが現れ、ミーアの伝言を伝える。

マップ情報によると、七体ほどの下級魔族と三体の中級魔族が出たようだ。

「そっちは任せた」

向こうにはナナとリザがいないけど、怪我人を搬送していたポチとタマがいる。中級魔族程度なら、アリサ達と連携して余裕で倒してくれるはずだ。

——フォン。

伝言を預けると、小シルフがミーア達の方に戻っていく。

「怪我はないみたいね」

勇者メイコがナナの大盾の陰に現れた。

「後ろが騒がしいけど、行けるわね？」

「はい、魔族の相手は私の仲間達がします」

これはネズじゃない偽魔王だったし、さっさと勇者メイコに倒してもらおう。

「ナナ、勇者メイコのガードを！　リザはオレと一緒に魔王の注意を逸らすぞ！」

「イエス・マスター」「承知！」

勇者メイコをナナに任せ、オレとリザが飛び出して偽魔王を牽制する。

――ZYWWUUWZ。

偽魔王が咆哮を上げ、周囲にミサイルをばら撒いた。

「リザ！」

「――葬花流星弾」

リザが魔槍から七連装の魔刃砲を放ち、オレも妖精剣から小口径の魔刃砲を連続で放ってミサイルを撃墜する。

――ZYWWUUWZ。

「「「ぎゃははは」」」

偽魔王が吼えると、不快な笑い声と共に、一〇体以上のピエロ魔族が奥の通路から飛び出してきた。警戒していた上級魔族はいない。中級と下級だけだ。

「私に盾はいらない。ピエロは任せたわ」

勇者メイコが青い光を身に纏(まと)いながら叫ぶ。

たぶん、完全回避系のユニークスキルを使ったのだろう。

「分かりました。リザ、ナナ、行くぞ！」

即行でピエロ魔族達を倒して、勇者メイコのアシストをしよう。

オレはリザとナナを連れ、不気味な顔で嗤うピエロ魔族達に躍りかかる。

「相変わらず硬いわね！」

勇者メイコの声に視線を向けると、彼女の聖剣が偽魔王のフルアーマーに弾(はじ)かれるのが見えた。

「なら！」

偽魔王の至近弾を回避し、勇者メイコが速度を上げつつ弧を描いて助走する。

「我が無銘の聖剣に——最強の刀(きれぬものなし)！」

勇者メイコは完全切断系のユニークスキルで、偽魔王のフルアーマーごと両断する気のようだ。

青い光を身に纏う勇者メイコの背後に、音もなくピエロ魔族が現れた。それも偽魔王よりヤバい上級魔族だ。

上級ピエロは振りかぶった禍々(まがまが)しい大鎌で、勇者メイコを真っ二つにする気だ。

だが、勇者メイコはそれに気付いていない。

「死ぬジャン」

惨劇を想像してか、上級ピエロの顔が邪悪に歪(ゆが)む。

――させないよ？

オレは縮地で上級ピエロの側面に移動し、手加減抜きで蹴り飛ばす。

できれば、縮地ではなく瞬動で済ませたかったけど、タイミングがギリギリ過ぎた。

「さんきゅ」

勇者メイコは驚きつつも偽魔王を攻撃する手を緩めない。オレに礼を言う余裕すらあるようだ。

「こちらはお任せください」

厄介な上級魔族はサクサクと倒してしまおう。

「危ないジャン」

オレに蹴り飛ばされて胴体が千切れ飛んだのに、上級ピエロは飄々としている。

それどころか、上半身と下半身で別々に行動を始める始末だ。

「桜花一閃！」

突進系の必殺技で、上級ピエロの上半身を斬り裂く。

「くけけけけ、魔族ピカデリーにようこそジャン」

縦に両断された上半身が嘲笑し、サーカスの開幕を告げるかのように一礼する。

ポンッと音がして、裂けた上半身が白煙と共にキラキラした星や紙片を撒き散らしながら、無数の小ピエロに分裂し、足下を駆け回る。

小ピエロは小さすぎて、妖精剣では倒しにくい。

ストレージから取り出した投擲用の針に魔刃を纏わせ、数体単位で倒しまくる。

「このっ！　邪魔するな！」

勇者メイコが叫ぶのが聞こえた。

いつの間にか、上級ピエロの下半身が勇者メイコの傍にいたのだ。

上級ピエロは戯(おど)けた仕草で勇者メイコを挑発し、刻々と変形する刃(やいば)の靴先で彼女を翻弄する。

――ＺＹＷＷＵＵＷＺ。

偽魔王が勇者メイコを攻撃しようと、多弾頭ミサイルの発射態勢になった。

その身体が炎に包まれる。勇者ユウキの単体攻撃用の上級火魔法だ。

「ユウキ！　雑魚ピエロを！」

勇者メイコがリクエストすると同時に、二条の炎が小ピエロ達を呑(の)み込む。たぶん、片方はアリサだ。


――ＺＹＧＷＷＷＺ。

炎に呑み込まれた小ピエロ達が黒い靄に変わって消え、偽魔王が悲鳴を上げる。

「もう向こうが全滅したジャン？」

上級ピエロの下半身に生えた頭が、驚いた顔を安全地帯に向けた。

そう、安全地帯を襲ったピエロ魔族の部下達は、ポチやタマを始めとする仲間達が退治済みだ。

「ご主人様、雑魚どもを処分して参りました」

奥の通路から現れた魔族達を倒したリザとナナが、オレの左右に並ぶ。

「これは誤算ジャン」

上級ピエロの下半身が偽魔王の傍に移動し、下半身だけの姿から元のピエロ姿に戻る。

「それじゃ、これにていったんお開きジャン」

「――待ちなさい！」

勇者メイコが叫ぶが、上級ピエロはそれを無視してキザったらしく閉幕のお辞儀をした。

嫌な予感に駆られ、魔刃を妖精剣に纏わせて上級ピエロに投擲する。

妖精剣が刺さった上級ピエロが、先ほどのようにポンッと弾けて無数の小ピエロに分裂し、煙幕を撒き散らしながら駆け回り、周囲を白煙で包む。

オレはすぐさま魔法欄から「風圧（ブロウ）」の魔法を選んで、白煙を吹き散らしたが、時既に遅し。偽魔王も上級のピエロ魔族もいなくなっていた。

インターバル

〝サトゥーです。一世を風靡した感のあるツンデレですが、最近はあまり見かけない気がします。

流行りすぎて廃れたのかもしれませんが、わりと好きだったので、また流行ってほしいですね。〟


「死屍累々ね」

アリサが安全地帯――偽魔王と戦った広場手前の通路――に横たわる人達を見て嘆息する。

「死んでない死んでない。大怪我をしている人はいるけど、死者は誰もいないよ」

「あ、おかえりなさい」

ツッコミを入れながら、皆に合流する。

『ネズたんはどうだったの？』

『あれはネズじゃなかった。何者かが用意した魔王の贋者だよ』

アリサが空間魔法の「戦術輪話」越しに尋ねてきたので、先ほどの戦いで分かった事を伝える。

偽魔王――鼠魔王と偽っていた「変装岩巨人」は、ピエロ魔族の煙幕が消えると同時に姿を消した。

『贋者？　偽魔王って事？　だったら、この迷宮に魔王はいないの？』

『それは分からない。ただ、姿を偽る時に、紫色の光が偽魔王の身体を覆っていた――』

『――つまり、黒幕の魔王か転生者がバックにいるのね？』

アリサの予想に首肯する。

『何が目的なのかしら？』

『それは分からないよ』

この夢幻迷宮で魔族と組んでよからぬ事を企(たくら)んでいるのは分かるが、それが何かまでは分からない。

魔王が作業していた装置は、偽魔王やピエロ魔族達と一緒に消えたから、手がかりは地面に描かれた謎の魔法陣くらいのものだ。

「メイコ！　魔王はどうなった？」

オレと一緒に戻ってきた勇者メイコを見て、奥の方で隠れていた皇子が出てきて偉そうに尋ねる。

「……逃げられたわ」

「またしてもかっ」

苦渋の顔で答える勇者メイコに、皇子が激昂して手に持っていた水杯を地面に叩き付けた。

「なんたる事か！」

「何度も魔王に逃げられるとは、今代の勇者は――」

「――おおっと」

皇子の取り巻きが嵩(かさ)に懸かって勇者メイコを非難しようとしたので、躓(つまず)いたフリをして近くの物資を押し倒して騒音を響かせた。

「何をしておるか！」

「ここはまだ敵地だという事を忘れるな！」

「先ほども前線にしゃしゃり出て、勇者様の邪魔をしておったであろう！」

――よし。

皇子や取り巻きの矛先がオレに向いた。

その隙に、勇者フウが勇者メイコを皇子達の傍から引き離す。

「殿下、お小言は地上に戻ってからにしてください。――ペンドラゴン子爵」

翼人従者（ミエーカ）が割り込んできた。

どうやら、皇子から助け出してくれるようだ。

「怪我は――ないようですね。さすがは『傷知らず』。もし、魔法薬に予備があったら分けていただけないでしょうか？」

その証拠に、皇子から見えない角度で話を合わせるようにとアイコンタクトしてきた。

「ええ、構いませんよ」

「ありがとうございます。これで地上まで欠員を出す事なく戻れそうです」

「――戻るだと？」

皇子が翼人従者の発した言葉に反応した。

「逃げてどうする！　メイコの剣の前に、魔王は手傷を負って逃げ出したのだぞ！　今こそ魔王の本拠地に攻め込み、息の根を止める好機ではないか！」

皇子はなかなかにお花畑思想をしている。

「それは不可能です」

「そうそう。ワトソンに頼まれて、最初のタイミングで追跡用の魔法道具(マジック・アイテム)を魔王に打ち込んだけどさ、この迷宮じゃないどこか別の場所に行っちゃったみたいだよ」

翼人従者の言葉をフォローしたのは、勇者セイギだ。

太鼓腹従者(ワトソン)が渡した魔法道具は二つ一組の品で、よほど離れない限り互いの方向を指す仕組みらしい。

「……転移魔法を使う魔族か、厄介だな」

皇子がようやく納得してくれたので、オレ達は地上へと戻る。

迷宮を出て船着き場に向かう途中で、勇者セイギがタクヤを見つけた。

「あれ？　タクヤ兄ちゃん？」

「迷宮門の上で何してるんだ？」

「さあ？　さっきの女の人から逃げているんじゃない？」

「それなー。なんか珍しくアンニュイな顔してるしな」

勇者ユウキ、勇者セイギ、勇者フウがタクヤの方を見上げる。

言われてみればどこか深刻な顔をしている。何か考え事をしているのか、掌(てのひら)で根付けを弄(もてあそ)んでいるようだ。

デジマ島の街中や迷宮の中で見かけた時はスチャラカな印象だったけど、ああしていると高レベルの聖堂騎士という肩書きに相応しい風格がある気がしてくるから不思議だね。

「ちょっと！　さっさと帰るわよ！」

「メイコちゃん、待ってよー」

勇者メイコに急かされて、オレ達は船着き場に向かう。

これからの予定だが、怪我人の治療で、オレが提供した上級魔法薬は全て使い切ってしまったらしく、次の探索はサガ帝国から補給物資が届く七日後まで休みと決まった。


休暇の間は宿舎を拠点に、デジマ島の観光でもして過ごそうと思ったのだが――。

「ポチは迷宮で修行がしたいのです！」

「タマも修行する～？」

ポチやタマを始めとした仲間達のリクエストで、夢幻迷宮で修行する事になってしまった。

◆

「――様、ご主人様」

その日の晩、宿舎の部屋で皆と一緒にベッドで眠ったふりをしながら、ストレージのＡＲ閲覧機能で魔法書を読んでいると、ゆさゆさと揺り起こされた。ポチだ。

「おしっこについていきてほしいのです」

オレはメニューを閉じ、ポチのお願いを快諾する。

中庭に面した廊下を通ってトイレにポチを連れていく。暗い迷宮も幽霊(ゴースト)系の魔物も平気なのに、夜中にトイレに行くのが怖いというのも不思議だが、きっと理屈じゃないのだろう。

「ご主人様、そこにいるのです？」

「いるよ。だから心配しなくていいよ」

確認してくるポチに生返事をし、ストレージのＡＲ閲覧機能で魔法書の続きを読む。

今読んでいるのは、鼬帝国で手に入れた火魔法の魔法書だ。観光客に売れるような本なので、魔法の呪文が直接書かれているわけではないけど、シガ王国の魔法書とはアプローチが違っていて面白い。

「ご主人様、お待たせなさい、なのです」

「ちゃんと手は洗ったかい？」

「はいなのです！　ポチは手洗いのプロなのですよ！」

偉いぞとポチの頭を撫(な)で、手を繋いで部屋に戻る。

その途中で、中庭の東屋(あずまや)に勇者ソラを見つけた。

こんな夜更けに、あんな場所でどうしたんだろう？

ポチを寝かしつけ、魔法書を読み終わったタイミングでマップを再確認したら、まだ同じ場所にいた。

気になったので、温かい飲み物を持って様子を見にいく。

「こんばんは、ソラさん」

東屋に斜め前から足音を立てて近付き、そう声を掛ける。

何か悩んでいる様子だったので、勇者の称号や「様」付けを避けてみた。

「——サトゥーさん」

「ココアは嫌いですか？」

「いえ、受験の時によく飲みました。ありがとうございます」

ココアを手渡し、彼女に勧められて対面のベンチに腰掛ける。

「眠れませんか？」

「ええ、少し」

勇者ソラはそう答えてしばし沈黙する。

話したくないというよりは、話すかどうか迷っている感じだ。

「悩みを解決するなどとは言えませんが、愚痴ぐらいはいくらでも聞きますよ」

利害関係のない相手の方が、愚痴を吐き出しやすいだろうし。

「……私、全然、ダメでした」

ぽつりと彼女が呟くように言葉を紡ぐ。

「あの子達を助けたいと思って頑張ってみたけど、私なんて全然で、メイコちゃんの方が私なんかより、遥かに強くて、頼りになって——」

迷宮での事かな？

「――なんだか、空回りしているみたいで、皆の迷惑になっているんじゃないかって」

それで眠れなくなった、と。

「外部の人間の言葉で恐縮ですが、他の勇者様方がソラさんを迷惑に思っている様子はありませんでしたよ」

「でも――」

遮ろうとする勇者ソラを制止し、オレは言葉を続ける。

「良くも悪くも、セイギ君もユウキ君もメイコさんも隠し事が得意そうなタイプじゃありませんから」

勇者フウだけはよく分からないけど、あの子も悪い子じゃないっぽいし、迷惑そうにしている感じもなかったから大丈夫だろう。

「きっと誰もソラさんの事を迷惑だなんて思っていませんよ」

彼女の従者は文句たらたらだったけど、彼らは雇われだったり自分の栄達の為に彼女を利用したりする立場だから、カウントしなくていいだろう。

「そう、でしょうか？」

「はい、私が保証します」

オレの保証に大した価値はないだろうけど、彼女のストレス解消に役立つなら、いくらでも断言してあげよう。

「サトゥーさんや皆さんは、どうしてあんなに強いんですか？」

「幾つもの迷宮で修行をしてきたからですよ」

オレは流星雨の棚ぼただったけど、他の子達はちゃんと訓練して強くなった。

「私も強くなれますか？　魔王を倒し、皆を守れるくらいに」

「ええ、なれます。あなたがそれを望み、歩みを止めない限りは」

レベルアップのあるこの世界なら、修行を続ければ続けるほど強くなっていける。

「――私に稽古を付けてくださいませんか？」

「私がですか？　それは構いませんが――」

「本当ですか！　ありがとうございます」

勇者ソラがオレの手を取って喜ぶ。

「明日は仲間達のリクエストで迷宮に行くので、その次の日なら」

「迷宮に行くんですか?!　だったら、私も一緒に連れていってください！」

「それは構いませんが、あまり大人数だと――」

「大丈夫です！　明日は休養日だと言ってあるので、私の従者達は誰もついてきません」

それは言い切って良いものなのだろうか。

まあ、休養も大事だよね。

「では明日の朝一で宿舎前に集合してください。迷宮行に必要なモノはこちらで用意するので、ソラさんは装備類だけお願いします」

オレがそう言って腰を上げると、勇者ソラも淑やかな所作で立ち上がった。

「眠れそうですか？」

「はい」

そう返事をする彼女は、まだまだ無理をしている感じだったけど、若いんだし一晩眠れば回復するだろう。

宿舎に戻る彼女と別れ、オレは先ほどレーダーで見つけた気になる場所へと向かう。


「――はっ、――くっ、――せいっ」

厩舎の陰にあるスペースで、勇者メイコが剣の素振りをしていた。

ただ素振りをしているのではなく、魔王戦を想定した立ち回りで一心不乱に剣を振っている。

聖剣を使っているので、闇夜に映える青い軌跡が綺麗だ。

勇者ソラみたいに悩んでいるとかじゃなさそうなので、ストーカーみたいに眺めていないで、さっさとお暇しよう。

――おや？

どこかから視線を感じて振り返ると、少し離れた場所にある宿舎の窓から勇者フウがこちらを見て手を振っていた。窓枠にもたれかかる様子から見て、あそこから勇者メイコを見守っていたのだろう。

オレは勇者フウに手を振り返し、その場を後にする。

「私は、絶対に、帰るんだからっ！」

後ろから、そんな勇者メイコの声が聞こえてきた。

彼女にはどうしても日本に帰りたい理由があるようだ。その理由は知らないけれど、彼女達が帰れる手助けはしてやりたいね。


それはそうと、ここはどこだろう?

オレはマップを開いて現在位置を確認する。適当に歩き出してしまった為に、自分の部屋がある建物とは逆側に進んでしまった。

かといって引き返すと勇者メイコの方に戻ってしまう。

それはちょっと気まずいので、大回りして自分の部屋に戻ろう。

「——使えぬヤツらめ」

聞き耳スキルが誰かの声を拾ってきた。この声は皇子だ。

「誰が無能皇子だ! 私はシャロリックとは違う」

彼が言うシャロリックとは、シガ王国の王都で内乱を起こそうとした第三王子の事だろうか?

二階の窓に明かりが灯っている。気になる名前が出たので、斥候系のスキルを使って、その窓の下に忍び寄ってみた。

まあ、盗聴防止の魔法道具を使っていないみたいだし、そんなに危ない事は話さないとは思うけどね。

「個人の武勇や強大な軍も、莫大な財貨も、潤沢な食料を生む肥沃な土地も、尊い生まれも、魑魅魍魎のような貴族皇族を統べる政治力も、一つだけでは意味がない」

つらつらと述べる皇子だが、マップを確認して気になる事に気付いた。

皇子の部屋には他に誰もいない。

「そうだ、その通りだ。全てを手に入れる道筋は立っている」

あれが独り言でないなら、魔信――魔法的な通信機の魔法道具で、どこか他の場所にいる人と会話しているのだろう。

野望を吐露する皇子は、なおも言葉を続ける。

「その第一歩が『勇者』だ。勇者を我が手駒にし、魔王を討ち果たせば、無知蒙昧な民衆を我に心酔させる事も思うがまま」

まあ、彼が魔王討伐の功績にやたらと執着する理由は分かったけどさ。

その場合、心酔する対象は皇子じゃなくて、勇者じゃないだろうか？

「何を言っておるか！　なんの為の暗部か！　世論を操作するのは貴様の仕事であろう！」

おおっと、微妙に物騒な話が出てきた。

新聞なんかのない国で世論を操作するのは難しそうだ。やっぱり、口コミとかかな？

「ええい、のらりくらりと！　聖剣の件については調べが付いたのか？　魔王を倒してから聖剣の担い手になれても遅いのだぞ！」

そういえば、サガ帝国には歴代の勇者が残した聖剣が何本もあるんだっけ。

シガ王国にも聖剣ジュルラホーンやヒカルが持つ護国の聖剣クラウソラスがあるからね。

「ちっ、やはり聖剣の担い手を選べるのは皇帝だけか。——何？　そんな秘宝(アーティファクト)が？　噂(うわさ)だと？　噂でも構わん。なんとしてでも探し出せ」

話の流れからして、聖剣の担い手を指名できる秘宝があるのかな？

勇者が残した神授の聖剣は、「勇者」の称号がない者が抜こうとすると少なくないダメージを与えるからね。レベル一桁(ひとけた)の一般人が抜いたら、最悪の場合、命を落としかねない。

まあ、別に皇子が聖剣を使えるようになっても、特に困る事はないからいいけどさ。

通話はそこで終わり、皇子の声が聞こえなくなった。

結局、シャロリック第三王子の名前はあれから出てこなかったし、単なる知り合いか反面教師的なポジションだったみたいだ。

魔王討伐の件に悪影響が出ない事を祈りたい。

「今日はよろしくお願いします」

翌朝、宿舎の門前で、勇者ソラがぺこりと頭を下げた。

先日の魔王戦で彼女の聖鎧(せいがい)が損傷を受けて修理中の為、今日は訓練で使っていたというサガ帝国軍の標準鎧を装備している。

「まったく、どうして休日まで性欲魔人の顔を見ないといけないのよ」

勇者ソラの背後で、ぶつぶつ呟くのは聖鎧姿の勇者メイコだ。彼女の背後には彼女の従者らしき斥候の男性もいる。勇者メイコの従者は美形であるのが選考基準に設けられているのか、と問いたくなるくらい美形ばかりだ。

「あれ？　なんでメイコたんまでいるの？」

「誰がメイコたんよ。ソラ先輩が迷宮に行くっていうから一緒に来たの」

なるほど、勇者ソラが心配で一緒に来たわけか。

「別に来てくれなんて言ってないわよ？」

アリサがお帰りはあちらとばかりに、宿舎の方を指さす。

「帰らないわよ。ソラ先輩が性欲魔人――」

「――勇者メイコ」

リザが鋭い声で勇者メイコの言葉を遮った。

「な、何よ」

リザの眼光に押され、勇者メイコが後じさる。

「ご主人様を、そのような蔑称で呼ぶのはお止めください」

リザの魔槍を赤い光が伝う。

本気ではないだろうけど、怖いから止めなさい。

「わ、分かったわよ」

勇者メイコがそう言って、リザから視線を逸らす。

「と、とにかく！　私はソラ先輩がその人の毒牙（どくが）に掛からないように、守らないといけないんだから！」

「メイコちゃん？　サトゥーさんはそんな人じゃないと思うわよ？」

勇者ソラはそう言ってくれたが、勇者メイコはその言葉を聞いて余計に決意を新たにしたような顔になった。

まあ、いいか。一緒に迷宮に行けば、「性欲魔人」なんていうのが根も葉もない悪意ある噂だと分かるだろう。

「お！　ペンペンじゃん！」

「メイコとソラ先輩も！」

そう声を掛けてきたのは、体操服姿の勇者ユウキと勇者セイギだ。

どうやら、早朝から走り込みに行っていたらしい。スチャラカな感じに見えて、けっこう陰で努力をしているみたいだ。

「どっか行くのか？」

「迷宮に行くのよ」

「えー、休みの日にまでかよ」

「休日はちゃんと休養しなよ」

勇者メイコの回答を聞いた勇者ユウキと勇者セイギがげんなりした顔になった。

「あんたらだって走り込みしてるじゃない」

「それは日課だし」

「朝飯食べたら、フウを起こして街に行くしな」

「そうそう。今日はユウキやフウと三人で、『紅の道化師』っていう極悪人を退治しに行くんだ」

「悪人退治？　冤罪(えんざい)とかで、変な騒ぎを起こさないでよ？」

「失礼な！　ボクのユニークスキルを使うんだから、冤罪騒ぎなんて起こさないよ！」

勇者ソラ以外の勇者達が朝から賑やかだ。

勇者セイギの「極悪人を退治」で思い出して、この前の観光時に通報した悪人の現在位置をチェックしてみる。大多数は逮捕されていたけど、何人かの重犯罪者、それも「紅の道化師」に所属する幹部っぽい三人が、未(いま)だに逃亡中らしい。

勇者セイギ達の楽しみを取るようで悪いけど、逃亡中の重犯罪者達の潜伏先をメモして、また警備詰め所に「物質転送(マテリアル・トランスファー)」の魔法で通報しておこう。

「今日は他の勇者様達はおいでにならないんですか？」
渡し船の船頭が、気安い感じで勇者メイコに尋ねた。
渡し船の乗客は、オレ達一行と勇者メイコ、勇者ソラ、そしてお目付役らしき勇者メイコの斥候系従者が一人の合計一一人だ。

「セイギはユウキやフウと一緒にデジマ島で探偵ごっこ」

「タンテイごっこ？　無学なもんで、タンテイが何かは知りませんが、楽しそうな響きですな」

勇者メイコが友人達の行動に嘆息しつつ、船頭の質問に答える。

「たんて〜？」

「何かの遊びなのです？」

二人の会話を聞いていたタマとポチが、興味深そうに瞳を輝かせた。

「ん、『犯人はお前だ！』」

ミーアが少年探偵みたいなポーズをする。

「ポ、ポチは犯人じゃないのですよ？　無実が冤罪なのです！」

「無実が冤罪——それは真犯人って事？」

焦るポチの言葉に、ルルが笑顔でツッコミを入れる。

「違うのです！　ポチは犯人じゃないのです！」

「あはは、ごめんなさい、ポチちゃん。ポチちゃんが可愛くてつい」

涙目になったポチにルルが謝る。

ポチが揶揄われた事に気付いて「酷いのです、酷いのです、ポチは謝罪とバイショーをよーきゅーするのです」と抗議していた。ちなみに賠償は夕飯をハンバーグにする事で決着した。

「ねぇ、ちょっと」

勇者メイコがポチ達を見ながら、オレの袖を引っ張る。

「こんな小さい子達を連れていくって事は、最初の広場あたりで弱めの魔物を狩るの？」

「え？　メイコちゃん、サトゥーさん達のレベルを鑑定していないの？」

勇者メイコの言葉に、勇者ソラが驚きの声を上げた。

「鑑定？　嫌いなのよ、敵以外を鑑定するのって。何か覗きでもしているみたいでさ」

なるほど、そういう解釈もあるか。

「にゅ？」

「ポチは構わないのですよ？」

認識阻害の装備を着けているけど、勇者の鑑定(アナライズ)スキルなら普通に見られるはずだ。

「そう？　なら見るけど、なんか見にくいわね――って何よ、コレ！」

ポチのステータスを確認した勇者メイコが、驚いて立ち上がった。

あまり大きな船じゃないので、船が大きく揺れて船頭に叱られている。

「れべるろくじゅーろく？」

「はいなのです。ポチは修行を頑張ったのですよ！」

「私だって頑張っているわよ。――っていうか他の人よりレベルアップしやすい勇者よりレベルが高いって、何歳から戦ってたのよ」

「これだけなのです！」

ポチが両手の指を広げてみせる。

「私達がご主人様の薫陶を受けて鍛え始めたのは一年と半分強くらい前からですね」

リザがそう補足する。

もうそんなに経つのか。月日が過ぎるのは早いね。

ここの魔王討伐が終わったら、古竜大陸へ行こうと思っていたけど、今回の討伐が長引いたら年末年始の王国会議を先に済ます事になりそうだ。

「たったそれだけ？　どんだけ天才なのよ」

「メイコちゃん、才能だけでそこまでレベルを上げるのは無理ですよ」

「はいなのです。ポチは努力のプロなのですよ！」

ポチの発言に、勇者メイコと勇者ソラが笑みを浮かべる。

「それにしても全員レベル六六って」

「教官達――先代勇者の従者よりもレベルが高いわね」

勇者メイコが仲間達を見回し、勇者ソラが感想を述べる。

「そりゃ、『魔王殺し』とか二つ名で呼ばれるはずだわ――」

勇者メイコが最後にオレを見て目を剥いた。

「――って、なんであんた一人だけレベルが低いのよ！」

「一応、レベル五五はありますよ？」

仲間達のレベルアップに伴って、メニューの交流欄で設定する表示用のレベルは少し上げてある。

「他の子達より全然低いじゃない！」

ちなみに、勇者メイコのレベル五四よりも高い。

「まあまあ、メイコたん、落ち着いて」

「誰がメイコたんよ！」

アリサの呼び方に、勇者メイコが吼える。

「アリサの言う通りです。目に見えるモノに囚われてはいけません」

「メイコちゃん、リザさんの言う通りよ。きっとサトゥーさんには、レベルの枠に囚われない才能や力があるんだと思うわ」

リザや勇者ソラに諭され、勇者メイコは渋々な態度で追及を諦めてくれた。

◆

「ここを拠点にしましょうか」

夢幻迷宮に入り、最初の広場を抜け、強めの敵がいる場所に腰を据える。

ここは広場の中でも不人気ポイントらしく、周囲には他の冒険者達はいない。

「ゲノーモス、やって」

ミーアに命じられた土の疑似精霊ゲノーモスが、地面を操作して空堀と土塀に囲われた高台の陣地を作り出した。

「これがエルフの精霊魔法……」

「うちの従者達と交換してほしいくらいだわ」

勇者二人がミーアの魔法に感心する。

「釣ってきた～？」

「ガラクタ人形達よ！　本物の戦闘人形というものを見せてやると告げます」

タマが殺戮人形(キリング・ドール)の一団を釣り出してきて、ナナが挑発スキルでそれらのターゲットを引き受ける。

「ちょっと釣りすぎよ」

「仕方ありません。何体か私達が受け持ちましょう」

「不要だと告げます」

勇者二人の提案を、ナナが頭(かぶり)を振って拒否した。

「それよりも急がないと、獲物を取りっぱぐれると助言します」

「――え？」

ナナの視線の先では――。

「ちぇすとらっしゅ、なのです！」

「タマはおしゃまな首刈り忍者～？」

「歯ごたえが足りませんね」

「乱れ、撃ちます！」

「ちょっと、ルルってば取りすぎよ！」

「ごめんなさい、つい」

仲間達が怒濤(どとう)の勢いで、ナナがターゲットを取っている殺戮人形達を、次々と瞬殺していく姿があった。

「ちょっと、私達にも残しなさいよ」

「魔物よ！　聖剣の前に滅びなさい！」

勇者二人も慌てて争奪戦に参加した。

さすがに高レベルの集団だけあって、あれだけいた殺戮人形もあっという間に全滅する。

「弱すぎて手応えがありませんね。もう少し強い敵がいませんか？」

「探してくる～？」

リザのリクエストを受け、タマが強めの魔物を探しに行った。

むやみやたらに探すのも大変だろうから、マップで調べて大まかな方向をタマに教えてあげる。

「強そうなの連れてきた～」

「これは倒し甲斐（がい）がありそうですね」

タマが連れてきたのは、真っ赤な身体に炎を纏ったレベル四〇の溶岩巨人（マグマ・ゴーレム）が二体だ。このあたりのボス的存在のゴーレムで、空洞のような目や口から血のようなマグマが流れ落ちている。

「げっ、厄介なの連れてきたわね」

「サトゥーさん、あれは地元の冒険者から、決して相手にしないようにと忠告されている相手です」

勇者二人が溶岩巨人を見て、深刻な顔になった。

「大丈夫ですよ。アリサ――」

「オッケー、――耐火付与（エンチャント・レジスト・ファイア）！」

アリサの火魔法にタイミングを合わせて、オレも術理魔法の「物理防御付与（エンチャント・フィジカル・プロテクション）」を皆に掛けてやる。

これで、溶岩巨人と殴り合いをしても、火傷（やけど）をする事はないはずだ。

「ミーア、足止め、よろ」

「ん、……■絡水流（エンタングル・アクア）」

アリサの指示でミーアが水魔法で、溶岩巨人の歩みを阻害する。

もっとも、高熱の溶岩巨人に水が触れた事で、周囲に熱蒸気の白煙が広がった。

「ちょ、水はヤバいって！」

「しばらく近寄れませんね」

「この程度、問題ありません――螺旋槍撃（らせんそうげき）」

「とー、なのです！」

尻込みする二勇者を横目に、リザとポチの二人が溶岩巨人に肉薄し、鋭い初撃を入れる。

「ゴーレムが再生したと告げます」

身体に大穴を開けられた溶岩巨人だったが、身体から溢れた溶岩が瞬く間に穴を塞いで元通りになった。

「だから、言ったでしょ。こいつを倒すにはユウキの魔法みたいな、面の火力がいるんだって」

「なるほど、『面』ですか」

勇者メイコの言葉に、何かを思いついたのか、リザの瞳がキラリと光った。

「ならば、これで――螺旋槍撃・雪崩！」

リザは貫通力に優れたノーマルの螺旋槍撃ではなく、無数の連打で格下の雑魚の群れを薙(な)ぎ払う為の派生技を放った。

その技は溶岩巨人の上半身を吹き飛ばしたが、すぐさま再生が始まる。

「弱点が丸見えです――螺旋槍撃(らせんそうげき)・貫！」

リザはむき出しになった溶岩巨人の魔核(コア)を鋭い突きで打ち抜いた。

溶岩巨人は酸素を奪われた炎のように鎮火し、あっという間に冷えて黒い岩の塊へと変わった。

「理解、なのです！」

ポチがやる気満々の顔で、二体目の溶岩巨人を見つめる。

やる気があるのはいいけど、ポチには面で攻撃する技はなかったはずだ。

ポチは斬撃(ざんげき)系必殺技の「魔刃旋風(ヴァンキッシュ・スライサー)」に似た構えを取る。

「今、必殺のぉおおおお、魔刃独楽(ヴァンキッシュ・スピン)、なのです！」

ポチの横斬りの一撃が溶岩巨人の頭部を切断した。

すぐに頭部が再生を始める。

だが――。

「うりゃぁあああ、なのです！」

振り抜いたポチが、二撃目を溶岩巨人の再生しつつある頭部に叩き付ける。

その勢いは二撃目で終わるどころか、どんどん重なっていき——。

「うりゃうりゃうりゃうりうりうりぃいいいなのれす」

独楽のように大回転しながら、連続する斬撃で溶岩巨人の頭から胴体の半ばまで削り取って、弱点の魔核部分をむき出しにさせる。

「はらひれほり〜なのです」

もっとも、即席の技ではそこまでが限界だったようで、ポチは目を回してふらふらだ。

——LYURYU。

ポチの胸元から、白い幼竜リュリュが錐揉み状の軌道で現れた。

一緒に目を回すかに見えたリュリュだったが、頂点でバッと翼を開いて静止し、キリリとした顔でレーザー光線のようなブレスを溶岩巨人に浴びせ、むき出しになっていた魔核を吹き飛ばしてみせた。

「リュリュ、ナイスなのです」

——LYURYU。

へたり込んだポチの頭に、リュリュが着地し、嬉しげに鳴く。

「にゅ〜」

ポチとリュリュの仲睦まじい様子に、タマがちょっと寂しそうだ。

「何その子？　可愛いじゃない」

「可愛い……」

勇者二人がリュリュを見て目を丸くする。

そういえば、二人は初見だったっけ。

「リュリュなのです！」

「白竜の子」

「ポチが卵から孵した〜」

「幼生体だと告げます」

ポチ、ミーア、タマ、ナナが口々に答える。

「へー、そうなのね。卵から孵すなんてやるじゃない」

勇者メイコに褒められたポチが誇らしげに胸を張ると、ポチの頭の上でリュリュが同じポーズをして、天井に向けて嬉しそうに鳴いた。

「さっきまでいませんでしたよね？　召喚魔法とかですか？」

「幼竜を隠し育てる為の秘宝があるんですよ」

勇者ソラの質問に、詳細を適当に濁して答える。

幼竜の希少さを考えると、厄介事回避の為にも、竜眠揺篭(ドラゴン・クレイドル)の事はあまり吹聴(ふいちょう)するべきではないからね。

「タマ、次の獲物をお願いします」

「にゅ！　あいあいさ〜」

話が一段落したところで、リザが狩りの再開を指示した。

そこからは仲間達や勇者ソラや勇者メイコが交代で魔物を狩り、オレは離れた場所で後方支援に徹する。

勇者メイコの斥候従者が暇そうにしていたので、途中からはタマと交代で獲物の釣り出しを担当してもらう。

「あんたは戦わないの？」

しばらくして休憩ルーチンに入った勇者メイコが、ぶっきらぼうに声を掛けてきた。

「私は支援向きなので」

「慢心してると足を掬われるわよ」

勇者メイコがちょっと角のある口調で、助言を口にする。

「あわわ、なのです」

近くで休憩していたポチが、緊迫した空気におろおろする。

それを見た勇者メイコがばつの悪い顔をして、そっぽを向く。

「ケンカしているのです？」

「喧嘩なんてしてないよ」

不安そうな問いを、軽やかな口調で否定する。

「それなら、良かったのです」

安心したのか、ポチのお腹がくるくると鳴った。

「お昼には早いけど――」

そろそろ用意しようとしたタイミングで、よその冒険者達がゴーレムの大群を引き連れて広場に逃げ込んできた。

溶岩巨人こそいないが、レベルが高めのゴーレムばかりなので、仲間達も交代ではなく全員で迎撃に向かう。

オレも行こうかと思ったけど、仲間達がいれば余裕だろうし、お昼の準備を優先させよう。

しばらくして、ゴーレムの掃討を終えて仲間達や勇者達が戻ってくる。

一番に戦闘を終えた勇者メイコが肩を怒らせながら戻ってきた。

「あんた！　戦いもせずに何しているのよ！」

お腹が減っているのか、苛々した声だ。

「パンケーキを焼いているんです。メイコ様もいかがですか？」

「うん、食べる――」

最後のパンケーキをひっくり返して、お皿に移す。

「――じゃなくって！」

勇者メイコがウガーッと吼える。

なんだかアリサみたいなリアクションだ。

「ここは迷宮よ？　時と場所を考えなさいよ！」

「それは存じていますが――」

勇者メイコの後ろから来た勇者ソラも困り顔だ。

そういえば、いつもの事で忘れていたけど、戦闘中に料理をするのは珍しいのかもね。

「美味しい料理が待っている方が、皆のモチベーションアップになるんですよ」

「あい」

「はいなのです！　ご主人様のご飯が待っていると思うと、モチがモチモチになるのですよ！」

タマとポチが涎(よだれ)を垂らしながら左右に陣取った。

「あー、お腹減った。メイコたんやソラたんも一緒に食べましょう！」

アリサが勇者二人を誘う。

「マスター、私はひよこの焼き印があるヤツがいいと主張します」

「ん、ウサギ」

ナナとミーアはマイペースだ。

オレはルルと一緒に、パンケーキを積み上げた皿を配る。

「リザさん、サイドにソーセージを付けますか？」

「ありがとうございます、ルル。ベーコンもお願いします」

「タマも～」

「ポチのお皿にもベーコンさんとソーセージさんが来たがっているのです！」

「そんなに慌てないで、ちゃんとたくさん用意してあるから」

おかず系の付け合わせも、たくさん準備してある。

「皆さんもどうぞ」

もちろん、勇者二人とその従者にも、だ。

「あ、ありがとうございます」

「――美味しっ」

納得いかない顔だが、パンケーキを口に運ぶと笑顔になった。

良かった、口に合ったようだ。やっぱり、お腹が減っていると怒りっぽくなるよね。

昼食後の休憩の間に、タマを連れて迷宮の何箇所かに帰還（リターン）転移用の刻印板を設置して回った。

タマを連れてきたのは、地形を覚えてもらう為だ。念の為に、ユニット配置に使える小屋も設置しておこう。

◆

「あんた達、いつもこんなペースで狩ってるの？」

休憩後、本格的に狩りをしたせいで、勇者二人の息が上がっている。

もう少し狩る速度を落とした方が良かったかな？

「そんな事ないのです」

「そ、そうよね。いくらなんでも――」

「今日はゆっくりめ～？」

「はいなのです。いつもはもっといっぱい狩るのですよ」

タマとポチの言葉に、勇者メイコが目を丸くして絶句した。

「あの……サトゥーさん、本当に？」

「ええ、本当ですよ。いつもはもっと間断なく狩っていますね」

勇者ソラが縋るような視線をリザに向ける。

「本当です。いつもなら、タマが次の魔物を数体プールして、狩り終わった瞬間に補充してくれます」

「あい」

リザの言葉にタマがこくりと頷く。

「むりむりむりむり、そんなの無理よ」

メイコが両手を前に突き出して弱音を吐いた。

言葉にこそしないが、勇者ソラも同じような気持ちらしい。

「だいじょび～」

「そうなのです。人はなるるイキイキなのですよ」

ポチが言いたかったのは「慣れる生き物」かな？

「さて、小休止はこのくらいでいいでしょう」

「イエス・リザ。そろそろ次の獲物が欲しいと告げます」

「行ってくるる～」

勇者二人の息が整ったところで、リザが狩りの再開を宣言した。

勇者達は絶望の表情だったが、スタミナ的にもまだ戦えそうなので大丈夫だろう。危なくなったらフォローしよう。

その後、全力で狩りすぎて周囲の魔物が枯れてしまった。

勇者達が膝を突いて、けひゅけひゅと荒い息をしているし、このへんで終わりにしよう。

勇者二人がレベルアップしていたから、一日の成果としては十分だろう。

「まだまだ行ける～？」

「はいなのです。もっといっぱい狩りたいのですよ！」

タマとポチを始め、仲間達はまだまだ狩りたそうだったけど、狩り場移動までして狩るには遅い時間だったので、なんとか説得して地上へと戻った。

さすがに勇者メイコと勇者ソラはオーバーワークだからね。

◆

「……だろ？　……さすがは……」

「……勇者様が？」

迷宮島からデジマ島に戻ると、港の近くの広場が何やら騒がしい。

聞き耳スキルが微(かす)かに拾ってきた単語から、デジマ島に残っていた三勇者の誰かが何かをしたようだ。

「あれって、セイギ君ですよね？」

「あの馬鹿。今度は何をしでかしたのよ」

勇者ソラと勇者メイコが見つめる先、人垣の中心には勇者セイギ達の姿があった。

近付こうとしても、人垣が分厚い上に、誰も彼もが熱狂していて押し戻されてしまう。

「にゅ〜」

「わわわなのです」

「むぅ」

人混みに流されそうになるミーアをナナが抱え上げ、ポチとタマをリザが小脇に抱える。

「これはたまんないわね」

抱き上げろとジェスチャーするアリサは、オレが抱えてやった。

「――本当に『紅の道化師』を？」

「おうともさ！　勇者様達がついに捕まえたんだ！」

近くで獣人の中年男性二人組が話している。

片方の中年男性が詳しそうなので尋ねてみた。

「失礼、何があったかご存じですか？」

「もちろん、知ってるぜ。勇者様があの『紅の道化師』を捕まえたんだ！」

興奮する中年男性の言うところによると、「紅の道化師」という連続殺人犯を勇者達が見つけ出し、大立ち回りの末に捕縛してのけたそうだ。

たぶん、勇者セイギのユニークスキルを使ったのだろう。

人垣の向こうで、鼻高々の勇者セイギが見える。

「そういえば捕まえに行くって言ってたわね」

横で話を聞いていた勇者メイコが、呆れたように嘆息した。

「にゅ～」

タマの耳がピクリと揺れる。

「どうしたのです？」

「何かむずむずする～？」

ポチとタマの会話が耳に届く。嫌な予感がして視線を勇者セイギの方に向けた瞬間――。

「「「きゃあああああああ」」」

「「「ぎゃあああああああ」」」

「「「逃げろぉおおおおおお」」」

広場で何かが破裂し、周囲を真っ赤に染める。

「我こそは、秘密結社『紅の道化師』ジャン！」

真っ赤な衣装を着た鼬人の女が、同じ服装の鼠男二人を小脇に抱えて叫ぶのが見えた。

ＡＲ表示が女の横にポップアップする。

――状態「憑依：魔族」。

それを確認した瞬間、鞘に入ったままの短剣を女に向けて投擲する。

「こんなもので――」

短剣に気付いた女が鼠男の片方を手放し、持っていたナイフで短剣を弾(はじ)く。

女がドヤ顔でオレを嗤う。別にそれでいい。だって、オレの目的は足止めと注意を逸(そ)らす事だから。

「炎　茨(ファイア・ソーン)！」

炎でできた茨(いばら)が女を搦(から)め捕る。

「鞘付き聖剣すぅいんぐぅうううううう！」

身動きできない女を、勇者セイギの青い光を纏った鞘付き聖剣が殴打した。

昏倒(こんとう)する女の身体から、ピエロ魔族が現れる。

「きひひひひ、遊びはここまでジャン」

「――同感ね」

青い輝きを身に纏った勇者メイコが、瞬動で魔族の眼前に肉薄する。

完全回避系のユニークスキルで人混みをすり抜けたらしい。

勇者メイコの聖剣が、魔族を一刀両断して黒い靄に変えた。

「さすが勇者、ですね」

「イエス・リザ。称賛に値すると告げます」

一件落着な雰囲気だったが、事件はこれで終わりではなかった。

「どけどけぇええ！」

さっきの騒ぎのどさくさで、「紅の道化師」の鼠男が一人逃げ出したらしい。

立ち塞がった衛兵の片腕を深紅の斧で切り落とし、逃げ遅れた子供を人質にしようと手を伸ばす。

「——無様、じゃん」

子供の前に遊び人風の男が割り込んだ。

「どけぇええええ！」

深紅の斧で遊び人に斬りかかるが、さすがに相手が悪い。

遊び人——タクヤーモーリが軽い足捌きで、深紅の斧を受け流して地面に突き刺させ、動きが止まった鼠男を蹴り飛ばす。

レベル六七の凄まじい筋力が、鼠男を勇者セイギの前まで届ける。

「ナイス、タクヤ兄ちゃん！」

「サンキュー！」

真っ赤に汚れた勇者セイギと勇者ユウキが、鼠男を捕縛する。

他の二人は既に捕縛済みらしい。

「ふん、悪人は牢屋がお似合いじゃん」

タクヤが自嘲気味に嗤う。

「おっちゃん、ありがとう」

「怪我ないじゃん？　あとおっちゃんじゃなくてお兄ちゃんだから、間違えちゃダメじゃん」

「うん、分かった！」

いつもの雰囲気に戻ったタクヤが子供の頭を撫で、勇者セイギ達の方に向かう。

迷宮帰りに見た時はアンニュイな感じだったけど、今日はいつも通りの軽い感じだ。

「サトゥーさん、私達も行きましょう」

勇者ソラに促され、オレ達も野次馬が散った隙に移動する。

「ご協力感謝いたします」

衛兵隊長がタクヤに感謝の意を伝える。

「気にしなくていいじゃん。もちろん、金一封は喜んで受け取るじゃんよ?」

「報奨金は後日、総督府よりお支払いいたしま――」

言葉の途中で、何かに気付いた顔になって固まった。

「どうしたじゃん?」

「あなた様は、まさか聖堂騎士のタクヤーモーリ様では⁈」

「あれ？　俺ちゃん有名人?」

驚く衛兵隊長とは対照的に、タクヤが戯(おど)けた顔で韜晦(とうかい)する。

「聖堂騎士様?」

「あの遊び人が?」

「だが、『鮮血の斧』を持った『紅の道化師』首刈り鼠をあっさりと倒しちまったぞ?」

「じゃあ、本当に聖堂騎士様⁈」

「すげー、本物の聖堂騎士様なんて初めて見た」

衛兵隊長の大きな声を聞いた人々が、口々に驚きの声を漏らす。

こちらの人達にとって、聖堂騎士というのはなかなかのネームバリューがあるようだ。

そういえば、観光省の資料には鼬帝国版のシガ八剣といったポジションだって書いてあったっけ。

「勇者様、怪我はありませんか？」

「怪我はないけど、汚れが取れないよ」

どうやら、あの魔族に憑依された女は、豚の血が入った血袋を破裂させて目くらましにしたようだ。

「ペンペン！　タオルないか？」

「どうぞ、タオルです」

勇者ユウキにリクエストされ、ルルがオレの代わりにタオルを渡す。

「あ、ありが――サンキュー！」

「何よ、ありがサンキューって」

テンパった勇者ユウキを見て、勇者メイコが呆れた顔になる。

「まあまあ、メイコちゃん。許してあげてよ」

勇者フウがひょっこりと顔を出す。

「あら、フウ。あんたは血塗れじゃないのね」

「ボクはほら、ユウキ君を盾にしたから」

それでも血飛沫一つ浴びていないのは凄い。

「サトゥー」

「マスター、腕を切断された男性の治癒が完了したと告げます」

ミーアとナナがそう報告した。

どうやら、二人は斧で斬られた衛兵の治療に行ってくれていたようだ。

「悪者は衛兵のおっちゃん達に渡し終わったよ」

「よっしゃー、それじゃ帰ろうぜ。早く風呂に入って着替えたい」

「ボクはお腹減ったよ」

勇者三人と合流し、オレ達は宿舎へと戻る。

「ちょっと近くに来ないでよ、汚れが移るでしょ」

「お前だって迷宮で汚れただろうが」

「ふーんだ、私は汚れてませんー」

「くそっ、絶対に汚してやる！　セイギ手伝え！」

勇者ユウキと勇者メイコがじゃれ合う。

「えー、ボクはもうそんな元気は残ってないよ」

「ボクもー」

勇者セイギと勇者フウはお疲れのようだ。

「でも、本当に頑張ったみたいね。街の人達も喜んでたじゃない」

「まーね。これも名探偵の仕事だから」

アリサに褒められた勇者セイギが、ニヒルっぽい顔を作って格好付ける。

「また、セイギの名探偵ごっこが始まったわ」

「許してやってくれ、あれがセイギのアイデンティティーだから」

「お前らぁああああ！」

楽しそうに逃げる勇者ユウキと勇者メイコを、勇者セイギが追いかける。

ちょっと意外だけど、勇者メイコも同世代の子達と一緒なら、こんな風に笑えるみたいだ。

命がけの勇者をするよりも、こんな風に年相応にふざけ合う方が、この子達には似合っていると思う。

「早く、あれが当たり前にしてあげたいです」

勇者ソラが年寄り臭い事を呟いた。

「責任感があるのはいいけど、ソラたんも子供なんだから、そんなに背負い込まなくていいのよ。そういうのは大人に任せなさい」

「あはは、そうですね。ありがとう、アリサちゃん」

見た目幼女のアリサに諭され、勇者ソラが噴き出した後、アリサに感謝の言葉を返した。

こういったメンタルケアは勇者召喚を行ったサガ帝国の面々に期待したいんだけど、彼らは彼らで功績争いや権力闘争があるみたいで、翼人従者（ミエーカ）と太鼓腹従者（ワアトソー）の二人くらいしか頼れそうにない。

せめてオレ達が傍にいる間くらいは、彼ら彼女らの事を気に掛けていてやろう。

幕間：囁き

「迷宮主（ダンジョン・マスター）が迷宮の外に出られるとは、神の権能というのは凄まじいものだね」

フードを被（かぶ）った女が、アンニュイな顔で酒を飲んでいた男に声を掛けた。

屋外の酒場を照らす篝火（かがりび）は、フードの中までは届かない。

「誰じゃん？」

「僕は賢者ソリジェーロの弟子サイエ・マード、迷宮研究の第一人者を自称している」

フードの下から出てきた顔は、思ったよりも若い。

「若返りの薬を使っても、目尻（めじり）の皺（しわ）は取れてないじゃん」

男の嘲りに、サイエは思わず目尻に手を当てる。

もちろん、その顔に皺などない。男の単なる引っかけだ。

「迷宮の呪縛から逃れたくはないかい？」

その発言に、男は鋭い視線を向けた。

サイエはそんな男の変化に気付かないふりで言葉を続けた。

「『真の魔王』になれば、魔神の加護によって迷宮主を辞する事ができるそうだよ」

「どこから出たホラじゃん？」

そんな話は聞いた事がないと口調や態度で示しながらも、会話の姿勢は崩していない。

サイエはそれに内心で満足しつつ、淡々と言葉を続ける。

「これは我が師が、魔神から直接聞いた話さ」

「魔神って、月に封じられているっていう？」

男の顔に「真面目に聞くんじゃなかった」という失望の色が浮かぶ。

「いくらあのサルが規格外でも、さすがにそれはありえないじゃん」

「ありえるのさ」

サイエは男の言う「サル」が自分の師である猿人の賢者ソリジェーロを揶揄する言葉と気付きながらも、それに反応する事なく話を続ける。

「魔神は封じられたまま、その現し身を新月の夜にだけ降ろし、地上を彷徨うのだそうだよ」

「ふ〜ん、眉唾じゃん」

男はサイエの言葉を信じるに値しないと切り捨てた。

それは夜中に子供が外をうろつかないようにする「どこにでもある」寓話の一つだったからだ。

「神の権能を有する君なら、勇者にも勝てるだろう？」

「さっきから、なんの話じゃん？」

「君の正体は、我が師より伺って来ているからさ」

「――あのサルめ」

旧知の間柄である賢者ソリジェーロの口の軽さに、男が舌打ちする。

「いかがかな？　それともさすがの君でも、勇者を殺す事はできないかな？」

「安い挑発じゃん。勇者を殺すのは楽勝だが、魔王になる気はないじゃん」

男が肩を竦めて拒否する。

「そうかな？　生粋の悪人である君なら、魔王の波動に呑まれる事なく、『狗頭(くとう)の古王』や『黄金の猪王』のように理性ある魔王になれるのでは？」

「やけに持ち上げるじゃん？」

サイエの煽(おだ)てにも、男は片眉を上げるだけで終わらせる。

「そんなに魔王にさせたいのはどうしてじゃん？」

「魔王にする事が目的ではないよ。真の魔王が迷宮の呪縛を脱する事ができる事を確認したいのさ。僕は迷宮の研究家だからね」

サイエが真摯(しんし)な口調で答える。

それは今日の会話で唯一、心の底からの言葉だったのかもしれない。

「研究者っていうのはどの世界でも、度しがたいじゃん」

「完璧を期するなら――」

呆れる男の言葉を聞き流し、サイエが言葉を続ける。

「ただの勇者ではなく、『真の勇者』を倒してみせれば、さらに完璧だよ」

「魔王はどこから調達するじゃん？」

男が疑問を返す。

勇者が「真の勇者」になるには、魔王を倒す必要がある。

話の流れからして、サイエの要求が「男が魔王になって勇者に殺されて『真の勇者』を作れ」という事ではないだろう。

ならば、勇者を「真の勇者」に至らしめる「魔王」をどうやって用意するのか。

「迷宮にいるのは偽物じゃんよ？」

「それは分かっているよ。これを使うのさ」

サイエが魔法の鞄（マジック・バッグ）から三個の宝玉を取り出す。

「祝福の宝珠（ギフト・オーブ）――じゃあないな。この紫色、もしかして――」

「そうさ、神の権能を封じた宝珠、僕は『魔王の卵』あるいは『魔王珠』と呼んでいる」

三つの魔王珠が男の前に並べられる。

「これを穢（けが）れある罪人に使用させて、魔王にすればいい」

つまり、サイエは人間を生贄（いけにえ）に魔王を作り出せと言っているのだ。

「お前も大した悪人じゃん」

男の嫌みも、サイエはそよ風のように受け流す。

「研究が成就するのであれば、地獄でもどこでも参りますとも」

サイエが芝居がかった口調で言う。

その言葉には、罪悪感の欠片（かけら）も感じられない。

「気に入った。お前の話に乗ってやるじゃん」

「苗床にする罪人の調達はお任せあれ」

男とサイエ、悪人二人ががっちりと握手を交わす。
篝火が作り出す男の影が揺れ、ピエロのようなシルエットを浮かび上がらせた。

魔王討伐

〝サトゥーです。人が三人いれば派閥ができると言いますが、幸いな事に自分の会社では派閥らしきモノはありませんでした。もっとも自分が気付いていないだけで、笑顔の裏にドロドロした派閥争いがあったのかもしれませんけどね。〟


「来てやったぜ、ガキんちょども！」

「おー！　サトゥーもいるじゃねぇか、こりゃ今回は楽勝だな」

サガ帝国の飛空艇から飛び出してきたのは、先代勇者ハヤトの従者である虎耳族のルススと狼耳族のフィフィだ。

「お久しぶりです。他の方はいらしていないのですか？」

「ああ、ウィーとメリーはちょっと野暮用だ」

「ノノとリロはサガ帝国でお留守番、セイナはノノに頼まれて血吸い迷宮の調査に行ってる」

ルススとフィフィがハヤトの従者達の近況を教えてくれる。

弓兵ウィーヤリィとメリーエスト皇女は、秘密裏に迷宮都市セリビーラへ向かったらしい。

「セリビーラという事は――」

「声を落としな」

ルススがオレの口を塞ぐ。

おそらく、二人が迷宮都市セリビーラへ行ったのは、同じ従者仲間である「天破の魔女」リーングランデ嬢に会う為だけではなく、迷宮で修行をしているリーゼント勇者リクと糸目勇者カイの二人を連れてくる為だろう。

「リクとカイの二人を、こっちに来させたくない連中が暗躍しているのさ」

なんでも、既に実績を積んでいる勇者リクと勇者カイの二人が、更なる功績を積むのを阻止したい勢力がいるらしい。

「困ったモノですね」

「全くだ」

「勇者が多いっていうのも善し悪しだぜ」

ルススやフィフィと一緒に、つまらない派閥争いをしている人達に嘆息する。

そして、補給物資を運ぶ飛空艇に同乗してきたのは彼女達だけではない。

「ルドルー？」

「カゥンドーもいるのです！」

タマとポチが旧知の人物を見つけて、ぶんぶんと手を振って歓迎する。

大怪我で後送されていたサガ帝国の侍、ルドルーとカゥンドーの二人を始め、何人もの従者達が復帰を果たしたようだ。

――あれ？

レベルが三〇くらいの一団がいる。エリート新卒の集団みたいな、なんとなく浮ついた感じの若者達だ。

「彼らは？」

「あれは補充の従者候補生達だ」

「数を揃えても、魔王の前じゃ意味ないのにな」

上の人間は分かっていないと、ルススとフィフィがやるせない顔になった。

確かに、彼女達の懸念も分かる。彼らがダミー魔王やピエロ魔族達と遭遇したら、少なくない犠牲が出るだろう。

まあ、一緒に行動する間は、なるべく死なないようにフォローしてやるとしよう。

ルスス達の到着から二日後、オレ達は魔王討伐を目的に夢幻迷宮へと突入していた。

前回の倍近い人数がいるせいか、オレ達の出番は全くない。

「にゅ〜」

「暇々の暇ちゃんなのです」

「二人とも、たるんでいますよ」

テンションだだ下がりのタマとポチが、リザに死体のポーズで抱えられている。

「サトゥー、変」

ミーアが言葉少なに言う。

その言い方だと、「オレが変」と言っているように聞こえるので、もう少し言葉を足してほしい。

「魔物の出現傾向の事かい？」

「そう」

ミーアがこくりと頷く。

前回や前々回と違って、今回は足の速い魔物が多い。

その上――。

「なんか、隊列が伸びてない？」

「イエス・アリサ。先頭との測量距離が増大中と告げます」

アリサやナナが言うように、露払いを買って出た従者候補生達が突出している。

「魔物の誘いに乗せられているみたいだね」

空間魔法の「遠見（クレアボヤンス）」で確認した限りでは、誘うように逃げ出す魔物が多く、それを従者候補生達が深追いして、隊列が長く伸びてしまっているようだ。

指揮スキルを持つ魔物や上位種のような魔物も見当たらないので、ちょっと不気味な感じがする。

「ちょっと向こうにも声を掛けてくるよ」

気のせいとも思うけど、魔物の挙動が怪しい事くらいは伝えておいた方がいい。

列の先頭で候補生達の面倒を見るルススとフィフィの所に向かい、軽く挨拶してからオレ達が気付いた事を伝える。

「ああ、サトゥー達も気付いたか」

「あれだけあからさまなら、気付かない方が節穴だからな」

ルススとフィフィも魔物の誘いを感じていたようだ。

せっかくなので、前回の魔王退治時に感じた迷宮の殺意の高さ——というか迷宮主（ダンジョン・マスター）の介入の可能性についても話しておく。

「マジか、そんな迷宮聞いた事ないぞ」

「だが、魔物の動きが不自然なのも確かだ」

「それもそうだな。一応、注意喚起しておくか」

ルススが代表して各班の幹部達にそれを伝える。

翼人従者（ミエーカ）と太鼓腹従者（ワアトソー）も同じ事を感じていたらしく、すぐに同意してくれたが、皇子だけはでしゃばるなと不快の意を表明していた。

彼はオレや先代勇者の従者達がイニシアチブを取るのが嫌なようだ。

そんな一幕を挟みつつ、一人の欠けも、大きな怪我もなく、無事に最初の水場へと到着した。

◆

「勇者セイギ、魔王の探知をせよ」

「ほーい」

最初の広場に到着後、皇子に命じられた勇者セイギが、ユニークスキル「邪悪探索（わるものはどこだ）」を使って魔王を探す。

勇者セイギには悪いが、同マップ内に魔王はいない。

「う～ん」

勇者セイギが目を閉じて集中した。

集中しすぎて、眉間（みけん）に深い皺が寄っている。

「近い！　広場の入り口の方だ！」

カッと目を開いた勇者セイギが、先ほど通ってきた通路の方を振り向いた。

「俺ちゃん、登場ー！」

そこに現れたのは、鼬人のタクヤーモーリだ。

「どうしたんじゃん？」

「また、タクヤ兄ちゃんかよ！」

「紛らわしい！」

首を傾（かし）げるタクヤに、勇者ユウキと勇者セイギが憤慨する。

「俺ちゃん、風評被害？」

「誰だ、貴様は」

きょとんとするタクヤを、皇子がキツイ口調で誰何（すいか）した。

「お偉いさん？」

「聖堂騎士殿、おふざけはそこまでに」

タクヤの後ろから声を掛けたのは、前にタクヤを逮捕しようとしていた女騎士だ。

「はいはい、皇弟総督の騎士は真面目すぎるじゃん」

一つぼやいてから、タクヤは真面目な顔になって皇子に向き直る。

「鼬帝国の聖堂騎士、だと⁈　お前がか？」

「俺ちゃんは鼬帝国の聖堂騎士タクヤーモーリ。皇弟総督の命令で、見届け人として同行する」

詰問する皇子に、タクヤが総督の委任状を見せた。

真面目な口調の時は、「じゃん」語尾が消えるようだ。一人称の「俺ちゃん」はそのままだったけど。

「タクヤ兄ちゃん、今日はいつもと違うぞ」

今頃気付いたけど、タクヤはいつもの遊び人スタイルではなく、聖堂騎士の鎧姿をしている。

腰に下げた魔剣は聖堂騎士の名に相応(ふさわ)しい清廉な意匠だ。

「俺ちゃん、決まってるじゃん？」

「かっけー」

「強そう！」

「ちっちっち、俺ちゃんは強そうじゃなくて、強いんじゃん」

勇者ユウキと勇者セイギがタクヤと軽い口調でふざけ合う。相変わらず、仲の良い事だ。

「ふざけた道化めっ」

それを皇子が苦々しげな顔で見下す。

「あいつを追い返せ」

「そうは参りません」

「殿下、総督の見届け人を拒否するのは、少々都合が悪うございます」

皇子はタクヤの同行を拒否したいようだったが、側近に「断れません」と言われて苦虫を噛み潰したような顔になる。

最終的に、渋々な感じでタクヤの同行を許可していた。

タクヤ問題が一段落したところで、勇者セイギが再びユニークスキルを使う。

「――あれ？　悪人がいっぱいいる？」

それを聞いた勇者メイコがタクヤを見る。

「違う、タクヤ兄ちゃんじゃない」

勇者セイギが首を横に振った。

オレもマップ検索する。どこから湧いて出たのか、四箇所に魔王を見つけた。

いずれも、レベル五〇で名前も全員ネズだ。数が増えているが、前回遭遇したのと同じ偽物だろう。本物のネズはケイと一緒に「マップの存在しない空間」にいるみたいだしね。

「ご主人様、どう？」

「この前のと同じだ」

声を潜めて尋ねてくるアリサに耳打ちする。

空間魔法の「遠見」で確認したら、前回と同じ姿の偽魔王が四箇所にいた。ご丁寧な事に、チョッキの色が全員違う。

全ての場所にピエロ魔族が配置されている。

いずれも、下級数体と中級一体の組み合わせだ。上級のピエロ魔族は見当たらない。

「タクヤ兄ちゃんを除いて、全部で四箇所」

「一番反応が強いのが魔王で、他はあの道化魔族どもであろう。どれが一番だ？」

「うーん、ユニークスキルの反応は全部同じっぽい、かな」

皇子の質問に、勇者セイギが答える。

さすがに下級魔族と中級魔族は反応が違う気がするから、この距離だと偽魔王の傍にいる魔族達は、偽魔王とセットで一つの反応として捉えているんじゃないかと思う。

「そんなはずはあるまい。魔王と魔族では威圧感が段違いだったではないか」

「そんな事を言われても同じくらいなんだってば」

皇子が怒声を上げるが、勇者セイギは困惑顔だ。

「魔王がどこか分かるじゃん？」

「話聞いてた？　だから分かんないってば！」

タクヤに皇子と同じ事を問われた勇者セイギが、切れ気味に答える。

「見つけた四箇所のうちハズレの三箇所は魔族だと思うけど、当たりの魔王がどこか、さ」

「じゃなくて、その四箇所がそれぞれどこかって話じゃん」

「うーん。高低差があるから、大まかな方角しか分からないよ」

勇者セイギが困り顔になる。

「三角測量しましょう」

勇者ソラがそう提案した。

「なんの三角を調べるんだ？」

「もう、ユウキは馬鹿ね。フウ、教えてあげて」

「あはは、メイコちゃんも分からないんだね」

三角測量は小学校か中学校の頃に習った気がするが、勇者ユウキと勇者メイコはよく覚えていないようだ。

「でもさ、正確な方角が分かっても、経路が分からないんじゃない？」

「それもそっか、移動するたびに三角測量するのは――」

「さすがに無理！」

勇者セイギが両手で大きなバツを作る。

「地図は前回までに探索したところまでしかないし、まずは地図作りからでしょうか？」

「えー、マジでぇ」

「なんだか大変そうだね、メイコちゃん」

「どこかに迷宮の地図はないのかしら？」

翼人従者の方針に、勇者達がげんなりした顔になった。

オレならマップを参照して正確な地図が描けるけど、ここで描き出したりしたら怪しすぎる。

それこそ、魔王の仲間じゃないのかと皇子に疑いの目を向けられそうだ。

「じゃじゃーんじゃん」

タクヤが背中に背負った筒から出した大きな巻物を広げる。

「迷宮の地図?」

「総督府の極秘情報じゃん」

確かに夢幻迷宮の地図だ。それも恐ろしく精度が高い。オレのマップに匹敵するくらい正確な地図だ。鼬帝国の測量技術は、現代日本のものと遜色(そんしょく)ないレベルにあるらしい。

「すっげー!」

「ナイスじゃん、タクヤ兄ちゃん!」

「ふははは、もっと褒め称(たた)えてくれじゃん」

「「タクヤ兄ちゃん、偉い!」」

勇者ユウキと勇者セイギがタクヤを褒める。

「とりあえず、これで魔王がいる場所を絞り込めますね」

翼人従者がパンパンと手を叩いて場を仕切り、三角測量して四箇所の広場に「悪人」がいる事が判明した。

「ふむ、四箇所のどこに魔王がいるのか……」

「一箇所ずつ潰していくのが堅実でしょう」

「だが、最初に選んだ一箇所がハズレなら、三箇所のどこかにいる魔王が逃げるのではないか？」

翼人従者の発言に、皇子が懸念を示す。

「ですが、相手は手強い魔族まで引き連れた強力な魔王です。我らの戦力を分散するべきではないと考えます」

「そうだろうか？　勇者様が五人もいるのだ、全ての箇所を同時に攻撃するべきではないだろうか？」

翼人従者と太鼓腹従者から一箇所ずつ潰す案が出されるも、皇子を始めとした同時攻略を推す者達は持論を覆す気はないらしい。

侃侃諤諤の議論が続く。ルススとフィフィはオレ達と同様に、方針決定に参加する気はないようだ。

「鎮まれ、愚か者どもが！」

皇子が声を荒らげた。

「四箇所全てに魔王がいるはずがない。本物は一つだけだ」

皇子が今更な主張をする。

そんな事は分かっていると言いたげな顔で皆が彼を見る。

まあ、実際のところ、四箇所全てが偽物なんだけどさ。

「経験が浅くとも勇者が五人もいるのだ。本物の魔王以外に後れを取る事はあるまい」

最初の「経験が浅くとも」というフレーズで勇者メイコがピクリと反応しかけたが、特に誰からも異論は出ない。

「ならば、我らは四手に分かれて攻略し、本物の魔王が分かった時点で他三箇所を放棄して集合し、私もまた予備戦力を連れてそこに向かおう」

なるほど、どこに魔王が現れても、皇子が功績を積める作戦なわけか。

もっとも四箇所のどれか一つが本物の魔王なら、だけどさ。

「ですが、上級——」

「さすがは殿下！」

「我らもそのお考えに異存はございません」

勇者ソラが意見を言おうとしたが、皇子の取り巻きの追従に掻き消される。

功を焦る従者達からも賛同の声が上がり、その方針で攻略する事が決まってしまった。

「殿下！」

熱に浮かされた人達の中で、勇者ソラが声を上げる。

「四箇所に分かれた場合、そのどこかに上級魔族が出たらどうされますか？」

勇者ソラが改めて懸念点を述べる。

今回の場合、偽魔王よりも上級魔族の方が危険度が上だからね。

「いらぬ想定だ」

「ですが――」

皇子は抗弁しようとする勇者ソラを、片手を上げて制して言葉を続ける。

「魔王と同じ場所にいるなら魔王と共に討伐すれば良いし、魔王と別の場所にいたなら戦闘を放棄して撤退すれば良い。我らの目的は上級魔族の討伐ではなく、魔王の討伐なのだからな」

皇子は簡単に言うけど、上級魔族から逃げ出すのはなかなかに大変そうな気がする。

「その通り！　魔王、討つべし！」

「「魔王、討つべし！」」

取り巻きのかけ声に、功績が欲しい従者達が一緒になってシュプレヒコールを上げた。

勇者ソラはまだ何か言いたいようだったけど、それ以上の抗弁ができないような雰囲気にされてしまい、悔しそうな顔で押し黙る。年長者としてフォローしてあげたいところだけど、オレが発言したら、余計に皇子を頑(かたく)なにしてしまいそうだ。

「四箇所の振り分けを言うぞ」

そんな権限は全体のリーダーでもない皇子にはないはずだが、彼は皇族の権威を振りかざして有無を言わせずに宣言する。

「最奥の広場に勇者メイコ、西側の広場に勇者ユウキ、東側の広場に勇者セイギ、前回の広場には勇者ソラと勇者フウとする」

「えー、ボクはメイコちゃんと一緒がいいな～」

勇者フウがぼやくが、皇子はその言葉をスルーした。

「殿下、ご再考ください！」

「そうです！　前回と同じ場所にいるなど、偽物に決まっているではありませんか！」

勇者ソラと勇者フウの従者が、皇子に抗議する。

まあ、気持ちは分かる。ハズレ率が一番高い場所には行きたくないよね。

「でしたら、私達がそこを担当しましょうか？」

そう提案してみたのだが、皇子に「却下だ」とすげなく言われてしまった。

「ルススとフィフィは従者候補生や輜重班と一緒に待機してもらう」

「ガキどものお守りなんてごめんだぜ」

「そうそう。自分の身も守れないヤツが、魔王討伐に参加するのが間違っているってもんさ」

「却下だ。そなたらは重要な予備戦力――遊撃班だ。勇者ソラの懸念通り上級魔族が出た場合、そなたらは急行して勇者達の脱出を助けよ」

皇子の本音はルススとフィフィの排除っぽいけど、その手が有効なのも確かだ。

「ペンドラゴン子爵、そなた達も二人と行動をともにせよ」

「承知いたしました」

距離的に、待機組の場所からの方が援軍に向かいやすい。

どこかの班が危なくなるか、上級魔族や本物の魔王が出たら加勢に向かえばいいだろう。

「俺ちゃんは黒髪美少女の班に同行するじゃん」

「げっ、あんたみたいに胡散臭いヤツは願い下げよ」

タクヤが言うと、勇者メイコが嫌そうな顔で拒絶した。

「自己評価の高いガキんちょじゃん。お前じゃなくて、こっちの黒髪ロングの方」

タクヤが示すのは、勇者ソラだ。

「なんですってー！」

「え？　私ですか？」

勇者メイコが憤慨し、勇者ソラが戸惑う。

「俺ちゃん、こう見えても鼬帝国でトップクラスの武人だから頼りになるじゃん。鑑定(アナライズ)スキルで見てみるじゃん」

「凄い！　レベル六七！」

タクヤに促された勇者ソラが、鑑定スキルで彼のレベルを確認して驚きの声を漏らした。

「でも、どうしてそんな凄い方が私達と一緒に？」

「一番弱そうだし、護衛みたいなものじゃん」

ズバリと言われて、勇者ソラの顔が少しこわばる。

「良かろう。勇者ソラに同行する事を許可してやる。余計な手出しはせぬ事だ」

勇者ソラの従者は高レベルの外部者の同行を嫌がったが、皇子が許可したとあっては拒絶もできず渋々従っていた。

◆

前回同様に、底に煮えたぎるマグマが見える垂直の大穴を降り、分岐がある広場に中継基地を設営した。

前回よりも人数が大幅に増えたので、ここより先には駐屯に向いた場所がほとんどない。

「さっさと行くわよ」

「フウ様、我らも」

せっかちな勇者メイコが最初に出発し、勇者フウの班が従者達に急(せ)かされるように出発した。

「それじゃ、後は任せたぜ」

「魔王を見つけたら、すぐに報(しら)せるからすぐに来てよ！」

勇者ユウキと勇者セイギがそう言って、それぞれの班を率いて中継基地を後にする。

「おう！　任せとけ」

「あたしらが行くまで頑張れよ」

ルスとフィフィが二人に答える。

「私達も行きます。サトゥーさん達もお気を付け——なんて、私が歴戦の皆さんに言うのはおこがましいですね」

「そんな事はありませんよ。以前と同じ場所に魔王がいる可能性も十分にありますから、相手に気取られないようにご注意ください」

最後に勇者ソラの一行が出発した。

この中継基地に残るのは、ルススとフィフィ、オレ達と輜重班、そして皇子と取り巻きや従者候補生達だ。

「皆、ピエロ魔族の急襲があるかもしれないから、周辺警戒を厳重にね」

オレもレーダーで警戒しているけど、仲間達にこう言っておけば、それを耳にした輜重班や皇子達も気を緩めすぎる事はないだろう。

そう期待したのだが――。

「ご主人様」

アリサがちょいちょいと候補生達の方を指さす。

勇者達に置いていかれて焦っているのか、誰も彼も落ち着きがない様子だ。

「こっそり抜け出さないか見ておいた方がいいね」

「空間魔法でセンサーを張っておくわ」

そのあたりはアリサに任せ、空間魔法の「遠見」で各班の様子を見守る。

移動中も勇者達に間断ない魔物の襲撃があるようだ。まるで、迷宮主が勇者達を疲労させる為に、魔物達に命じているような印象を受ける。

やけに勇者フウの従者達が急かしていると思ったら、皇子に言われた方向に向かわず、迂回路を通って勇者メイコ達と同じ広場を目指していた。困ったヤツらだ。

「そういえばタクヤってヤツの様子はどう？」

「有能だね。危なげなく戦って、勇者ソラ達に危険が及ばないように配慮しているよ」

いい加減そうな印象だったけど、高レベルの騎士だけあって、その戦闘力はリザ達に匹敵するほどだ。

「へー、意外ね」

「その代わり、やたらと勇者ソラにアプローチして、そのたびに袖にされている感じだけど」

「ふーん、ナンパなヤツね」

遊び人っぽいのは彼の素の姿だったらしい。

「ナンパ、ですか？」

リザが訝しげな顔で尋ねてきた。

「ほら、デジマ島でもルルをナンパしようとしてたじゃない」

「それは私も覚えていますが、彼はどうしてナンパするのでしょう？」

「──ほへ？　一晩の恋人を求めて、とか？」

リザの意外な質問に、アリサが戸惑いながら答える。

「鼬人のあの男が、ですか？」

「「──あっ」」

アリサと声が重なる。

そういえば不思議な話だ。異種族である鼬人からしたら、人族は性的なアピールを感じる対象ではないはず。

彼が転生者なら分かるが、それは既に否定されている。

「どうしてかしら？」

「さあ？」

地球でも人間以外の動物に、性的な感情を抱く性癖の持ち主もいたし、異世界にいてもおかしくないんだけど、何か心に引っかかる。

オレは遠見の視界を勇者ソラ達に向けた。

『ソラちゃんなら勇者の国でモテモテだったんじゃん？』

『そんな事はありません。見ての通り面白みのない女ですし』

『へー、子供らには大人の魅力が分からないってヤツじゃん』

相変わらず、タクヤが勇者ソラにちょっかいを出している。

『勇者ソラ、敵が来ます。溶岩巨人(マグマ・ゴーレム)に地獄犬(ヘルハウンド)の群れです！』

『溶岩巨人は任せてほしいじゃん。ソラちゃんに良いところを見せないとじゃん』

『助かります！　皆さん、私達は地獄犬を狩りましょう！』

戦闘でも率先して強敵を相手にして、勇者ソラの信頼を勝ち取っている感じだ。

特に怪しい行動もないし――。

『危ない、ソラちゃん！』

勇者ソラを囲んでいた地獄犬の一体が、中級のピエロ魔族に変じて襲いかかってきた。

マップ情報によると、このピエロ魔族は「身代わり」という特殊能力を持っているらしい。それで地獄犬と現在位置を入れ替えたのだろう。

ピエロ魔族が大鎌を振り下ろす。

『――くっ』

勇者ソラが聖剣で大鎌を受けたが、大きく体勢を崩される。

従者達がフォローしようとするが、地獄犬の群れがそれをさせない。

『ソラちゃんは怪我させないじゃん！』

タクヤが割り込んで、ピエロ魔族の大鎌を弾き上げ、勇者ソラを守る。

『――怨魔鋼烈刃！』

魔剣を用いたタクヤの必殺技がピエロ魔族を打ち倒し、返す刀で背後から追いすがってきたゴーレムを斬り伏せる。

元シガ八剣のゴウエン氏を思い起こさせるような剛剣だ。

『ありがとうございます、タクヤ―モーリ卿』

『俺ちゃんの事は、タクヤって気安く呼んでほしいじゃん』

『いえ、そういうわけには――タクヤ―モーリ卿、その腕は！』

勇者ソラがタクヤの怪我を見て驚きの声を上げた。

その腕が焼け爛れていたからだ。

『俺ちゃんの未熟の証だから、あんま見ないでほしいじゃん』

『ソラ様を助ける為に、強引に溶岩巨人を殴り倒したんだね』

『タクヤ卿、どうしてそこまで……』

『ソラちゃんは大事な身体だからじゃん。ソラちゃんを魔王のところまで無傷で連れていくのが、俺ちゃん達の仕事なんじゃん？』

戯けた様子だが、タクヤが本気でそう考えているのが映像越しでも伝わってくる。

普段はスチャラカな感じだけど、お仕事モードの時はなかなかやるようだ。

さすがは聖堂騎士ってところかな？

『タクヤ殿の言う通りだ。勇者ソラをなんとしても魔王のところにつれていくぞ！』

『『『応！』』』

タクヤの献身的な行動に感じるものがあったのか、勇者ソラの従者達がモチベーション高く声を揃えた。

うん、いい感じだね。これなら安心して見守れそうだ。

そんな風にほっこりしていると、聞き耳スキル越しにトゲトゲしい声が聞こえてきた。

「――場違いなガキどもめ」

「戦場で砂遊びとは……」

「戦闘力が高くとも、中身は子供という事ですな」

声の主は皇子や取り巻きだ。

彼らの視線は、中継基地の片隅で砂遊びっぽい事をしているタマやポチの姿を捉えている。

「こういって、こう～？」

「ポチはこっちがいいと思うのです」

「ノー・ポチ。ここで袋小路になると指摘します」

「うーぷすなのです。ポチはうっかりさんだったのですよ」

砂ではなく、火山灰っぽい灰色の砂にタマが迷宮の地図を描いており、勇者達が向かったそれぞれの広場で魔王との戦いが起きた場合に、どの経路で応援に向かうのが効率的かを相談しているようだ。

皇子達のいる場所からだと、タマが何を描いているか見えなかったのだろう。

「本当にガキなのは誰かしらね」

「明白」

アリサとミーアが小声で囁き合う。

「ご主人様、皇子達と情報を共有しなくていいんでしょうか？」

ルルがおずおずと尋ねてきた。

「心配ないよ。彼らも地図は持ってるから」

今回の作戦に関係する範囲の地図は、タクヤが持っていた地図から転写していた。

視線を再び勇者達の方に向けると――。

勇者フウ以外の勇者達がほぼ同タイミングで、それぞれの広場で偽魔王と会敵したようだ。

もちろん、戦い自体はまだ始まっておらず、最初の方針通り、こちらに魔王発見の伝令を出して待機中だ。

勇者一行は魔信の魔法道具(マジック・アイテム)を持っているが、近くにいる魔王にバレないように魔信ではなく伝令を使っているのだろう。

ちなみに勇者フウ班は、迂回路をミスって迷子中だ。

「アリサ、そろそろ準備を頼む」

「おっけー！」

アリサが空間魔法の「戦術輪話(タクティカル・トーク)」でオレ達を結ぶ。

皇子達にそれとなく声を掛けようと思ったのだが、向こうは向こうで取り込み中のようだ。

「殿下、我らに勲(いさお)を立てる機会を」

「ここまで来て、輜重(しちょう)部隊と共に後方で待機なぞ、祖先に顔向けできません」

「「殿下！」」

半数ほどの候補生達が魔王討伐に行きたいと皇子に訴え出した。

まあ、さっきから候補生達が仲間内で不満を呟いていたのだが、ついに思いあまって皇子に直談(じかだん)判(ぱん)をしたようだ。

「なんで揉(も)めてるの？　候補生達も皇子と一緒に向かうって話じゃなかった？」

「あれはくじで外れた者達です」

「輜重班の護衛に振り分けられた者達が文句を言っているのだと告げます」

アリサの疑問に、リザとナナが答える。

「「「殿下、ご再考を！」」」

「貴様ら、殿下に直言するとは無礼であるぞ！」

「然(しか)り！　勲の前に、家名に泥を塗る気か！」

皇子の側近が、候補生達を怒鳴りつける。

「まあ、待て」

そこに皇子が鷹揚(おうよう)な感じで割って入った。

身分の違いからか、候補生達が膝を突いて臣下の礼を取る。

「貴君らの勇敢なる思いは受け取った」

「「「ならば！」」」

「勇者達から魔王発見の報あれば、私も出向く必要がある。その時には全ての戦力を集結するつもりだ。貴君らにも出番があろう」

皇子がそう言うと、候補生達が期待に満ちた喝采(かっさい)を上げる。

なんかいい感じに纏めているけど、要は皇子達が移動する時の護衛や弾除(よ)けに使うって事だよね？　まあ、それでも候補生達の功績にはなるのか。

それにしても、必要だから割り当てたんだろうに、輜重班の護衛はいなくていいのだろうか？

「抗議しなくてよろしいのですか？」

「構いません。勇者様達の無限収納(インベントリ)にも物資を収納していただいていますし、危なくなったら中継基地を捨てて逃げますよ」

輜重隊の隊長さんに確認したら、そんな答えが返ってきた。

それなら、皇子に苦言を呈する事もないね。


——あっ。

遠見の魔法で順番に勇者達の様子を確認していたら、勇者メイコが援軍を待ちきれずに戦闘を始めてしまった。

今回は四箇所に偽魔王が出現している事で、ピエロ魔族達が分散して前回より一箇所の数が減っているのを好機と捉えたのかもしれない。

偽魔王が強化外装を召喚装備し、勇者メイコに砲弾の雨を降らせる。

勇者メイコはユニークスキルの青い光を身に纏いながら突進し、偽魔王の怒濤の攻撃をものともせずに駆け抜け、立ち塞がるピエロ魔族を踊るようなステップで掻い潜り、ついには偽魔王を一刀両断にしてみせた。

「おおっ」

「どうしたの？」

「メイコが偽魔王を——」

倒したと続けようとしたのだが、真っ二つになっていたのは偽魔王ではなく下級ピエロだった。

どうやら、下級ピエロは偽魔王が斬られる寸前に、位置を交換する特殊能力を使って身代わりになったらしい。

勇者メイコは偽魔王を倒したと思って油断したのか、完全回避のユニークスキルが切れて、偽魔王の不意打ちを横から食らって吹き飛んでしまった。

「マズいな……ちょっと手伝ってくる」

「どこへ行く、ペンドラゴン！」

密かに助けに行こうと腰を上げたところで、目ざとい皇子に制止されてしまった。

遠見の視界に、従者達の回復魔法を受けて立ち上がる勇者メイコが見えた。だが、痛みに耐える横顔は、ダメージが抜けきっていない事が見て取れる。

「少し周辺警戒をしてこようと――」

「世迷言を抜かすな！」

「どうせ、一人で抜け駆けしようというのであろう！」

皇子や取り巻きに続き、候補生達からも怒濤の勢いで文句を言われまくる。

『どうする？　皇子達を放置して、一気に駆け抜ける？』

戦術輪話越しのアリサの提案に乗りそうになったが、遠見の先で勇者メイコ達が持ち直したのを見て考え直した。

今は侍従者のカゥンドー氏や黒鋼の騎士と肩を並べて偽魔王に反撃している。

それを戦術輪話で皆に伝えて、強行策は中止した。

「私の話を聞いているのか！」

スルーする形になった皇子が、頭から湯気を出しそうな顔で怒鳴っているが、失礼な事をしたのはオレの方なので、神妙な顔でご高説を聞き流す。

「――伝令！」

そこに伝令が飛び込んできた。

「勇者ユウキ様が魔王を発見いたしましてございます！」

それを耳にしたルススとフィフィが武器を手に腰を上げる。

「あたしらは先に行くよ」

「待――」

皇子が止める間もなく、疾風のごとき速さでルススとフィフィが中継基地を飛び出した。

「ええい、これだから耳族は！」

皇子が憤慨しつつも、候補生達に指示を出す。

「伝令！」

だが、それを遮るように、次の伝令が到着する。

「勇者ソラ様が魔王を発見いたしました！」

「なんだと？　またも魔王だと？」

「しかも前回と同じ場所ではないか！」

「見間違いではないのか？」

皇子が驚きの声を上げ、取り巻き達が疑いの言葉を漏らす。

「間違いではございません！　勇者ソラ様の鑑定スキルで確認されました！」

「勇者が？　では、勇者ユウキからの伝令が間違いだったのか？」

疑われた勇者ソラの斥候従者が抗議すると、皇子達や候補生達の間に混乱が広がる。

だが、驚きや混乱はそこで終わらない。

「伝令！　勇者セイギ様が魔王を発見いたしました！」

三人目の伝令がやってきて報告する。

「なんだと⁈　魔王が三箇所に出たと言うのか！」

わけが分からずに戸惑う皇子のもとに、最後の伝令が到着した。

「伝令！　勇者メイコ様が魔王と遭遇いたしました！」

「メイコの所にもだと⁈　どういう事だ⁈」

「殿下、援軍を出しませんと」

「おそらく、三箇所は魔族が化けた偽物でございましょう」

混乱する皇子に、取り巻き達が助言する。

概ね間違っていないが、残念ながら四箇所全てが偽物の魔王だ。

「そんな事は分かっておる！　問題はどこが本物か、だ！」

「最奥のメイコ様のところが、本物である可能性が高いと思われます」

「私も同感です」

「分かった。我らはメイコのもとに駆けつけるぞ」

「「はっ！」」

皇子が号令を掛けると、候補生達も出立準備をする。

「伝令達よ、聞け！　各班に個別に魔王を退治せよと伝えよ。我らはメイコと合流し、最初の魔王を討伐したら、他の魔王を順番に倒していく！」

なるほど、まず勇者メイコに合流して、順番に戦力を補充しながら各個撃破していこうという作戦か。

「殿下、魔信を用いては？」

「愚か者！　そんな事をすれば、魔王や魔族に気付かれて奇襲にならぬわ！」

取り巻きの一人が魔法的な通信機を用いて連絡する事を提案し、皇子に怒鳴られている。

勇者メイコの班は偽魔王と戦闘を開始しているから奇襲とか関係ないけど、皇子はそんな事を知らないしね。

「足手纏いフラグがビンビンね」

「それは心配ないよ」

口の悪いアリサを窘(たしな)める。

勇者メイコの治療が終わり、彼女が戦線に復帰してからは終始有利に戦いを進めている。

この調子なら皇子達が到着する頃には、偽魔王に勝利していそうだ。

『ご主人様、マズいわ。メイコたん以外の勇者達も魔王との戦闘を始めたわ』

『――え？』

遠話(テレフォン)の魔法を使ったアリサから内緒の報告を受け、遠見の魔法で順番に確認する。

どうやら、ピエロ魔族の奇襲を受けて、なし崩しに戦闘が始まってしまったようだ。

勇者ユウキ班は前衛陣が奇襲してきたピエロ魔族を防ぎ、勇者ユウキのユニークスキルによる火魔法攻撃で雑魚を一掃し、偽魔王との戦いを始めた。ここは高火力な勇者ユウキもいるし、翼人従者が指揮をしているから大丈夫だろう。もうすぐルススとフィフィも援軍に駆けつけるしね。

勇者セイギ班も侍従者ルドルーが奇襲してきたピエロ魔族を速攻で倒し、急襲してくるピエロ魔族や偽魔王に対して広場の入り口という狭所に陣取って囲まれないように戦っている。勇者セイギがちょっと頼りないけど、彼をフォローしようとする従者達の連携が上手くいっているからなんとかなりそうだ。

勇者ソラ班は最初のピエロ魔族急襲をタクヤが瞬殺し、今は偽魔王の怒濤の攻撃を遮蔽物の陰に隠れてやり過ごしている。

勇者フウ班はようやく迷子から抜け出し、勇者メイコがいる広場に向けて移動中だ。

「殿下、準備完了いたしました！」

「うむ、我に続け！　魔王を討ち果たし、故郷に錦を飾るのだ！」

「「「応！　魔王、討つべし！」」」

状況を確認している間に、皇子達の出立準備が終わったようだ。

威勢良く中継基地を出立していく。場の勢いを利用して、輜重班の護衛予定だったはずの候補生達まで一緒だ。

「皇子殿下、我らは他の勇者様の応援に参ります」

「ならん！　貴様らはここで輜重班の護衛をせよ！」

出発する皇子にそう提案したのだが、即答で却下されてしまった。

「ご主人様、どうする？」

「ソラさんかセイギあたりの救援に行きたいところだけど――」

輜重部隊を放置するのも危険だ。

「うわっ、なんだこいつら？」

「石鼠(ストーン・ラット)などに狼狽(うろた)えるな！　蹴散らしてしまえ！」

出発したはずの皇子達が騒がしい。

どうやら、中継基地を出てすぐの場所で、石鼠の群れと遭遇したようだ。

まあ、候補生達のレベルが低いと言っても、レベル三〇はあるんだし、石鼠が何体いようと脅威にはならないはず。

「にゅ！」

「サトゥー！」

タマとミーアが皇子達の方を指さした。

「ぎゃあああ」

「どこから魔族が！」

いつの間にか幾体もの魔族が、皇子一行のただ中に出現していた。

魔族と戦う候補生達はまだマシだ。這々(ほうほう)の体で逃げ出す者や戦意を喪失して動けなくなる者も多い。

「狼狽えるな！　魔王が出たわけではな――」

皇子が言葉の途中で絶句する。

魔族の一体が一瞬のうちに偽魔王に変わったからだ。

違う、変わったんじゃない。魔族が「身代わり」で偽魔王と居場所を交換したんだ。

「ま、まお、まおう」

偽魔王の前で皇子が口をパクパクさせる。

隙だらけだが、ピエロ魔族達はニタニタした顔で皇子達を嘲笑し、偽魔王は状況が把握できないかのように周囲を見回している。

「――ひいっ」

「に、にげ……」

取り巻きが引きつった顔で凍り付き、候補生達が怯えて後じさる。

「な、何をしておる！　戦え！　私を守るのだ！」

「で、で、殿下、逃げましょう」

「そうだ、逃げ――いや、反撃の為に転進しましょう」

皇子が喚き散らすが、取り巻き達は戦意を失って腰が引けている。

いやいや、君達、魔王討伐に来たんじゃないのか。

――ZYWWUUUWZ。

ようやく状況を把握したのか、偽魔王が威嚇の咆哮を上げた。

間近で偽魔王の咆哮を受けた皇子が、腰を抜かして地面にへたり込んだ。

偽魔王が毒爪(どくそう)を振り上げ、皇子に向けて無造作に叩き付ける。

オレは手頃な岩石を偽魔王に投げつけて後退(ノックバック)させて、皇子を絶命の危機から逃れさせた。

「そこまでだ」

「瞬動——桜花一閃」

オレは魔刃装剣スキルで強化した妖精剣で偽魔王を一刀両断にする。

手加減抜きの剣技が、偽魔王の体力(HP)ゲージを一撃で消し飛ばしてみせた。

「ナナ！　輜重隊を守れ！　リザ達は魔族の排除！　ルル達は援護を！」

オレの指示と同時に、仲間達が迅速に行動する。

散々焦(じ)らされていた獣娘達が、次々と魔族を討滅していく。まさに、獅子奮迅(ししふんじん)の活躍だ。

「ま、魔王が一撃で？」

「あれがペンドラゴン、あれが魔王殺しの実力か……」

「あの勇者メイコ様ですら、ユニークスキルを用いねば破れぬ装甲をあっさりと」

皇子は目を回して気絶していたが、状況を間近で見ていた取り巻きや候補生が、オレの偽魔王討伐に驚いている。

このままだと、また妙な噂が広がりそうなので、詐術スキル先生に頑張ってもらうとしよう。

「どうやら、この魔王は偽物だったようですね」

「偽物？」

「そ、そうか、そうだよ」

「いくら魔王殺しでも、本物の魔王を一撃で倒す事なんてできるはずがない」

どうやら、誤魔化されてくれそうだ。

「ご主人様、魔族の討伐を完了いたしました」

リザが報告に来る。下級魔族ばかりだったから、戦い足りなそうな雰囲気だ。

「負傷者や皇子を中継基地に運んでください」

「わ、分かった。おい、お前達、殿下をお運びするぞ」

反発されるかと思ったけど、取り巻きが候補生達に命じて皇子を運ぶ。

偽魔王を目の前にして肝が冷えたようだ。

「ご主人様、魔王は五体いたのでしょうか？」

リザが偽魔王の死骸を見下ろして尋ねてきた。

「いや、偽魔王は四体のはずだよ」

死骸が身に纏うチョッキの色からして、勇者ソラの所にいた偽魔王のようだ。

彼女の方はどうなっているんだろう？

そう思って、オフにしていた遠見や遠耳（クレアヒアリス）のターゲットを勇者ソラのいる広場に切り替えてみた。

『魔王はどこに？』

彼女達が戦っていた偽魔王はいなくなっている。

やはり、勇者ソラの戦っていた偽魔王がこっちに送り込まれたようだ。

『あいつは何者だ？』

『どうして、こんな場所に？』

そして、偽魔王の代わりに、ピエロの格好をした鼠人の男が広場の中央に立っている。

男は「紅の道化師」「快楽殺人者」「死刑囚」「脱獄犯」という称号を持つ。確か、最初の称号は勇者セイギがデジマ島で捕縛していた犯罪者の通り名だったはずだ。

『道化のような格好？　魔族の手下か！』

『魔王と入れ替わりで現れたのだ。魔王の一味であろう』

『おい、貴様！　名を名乗れ！』

騎士従者二人が無造作に歩み寄り、男を誰何する。

だが、男は痙攣するばかりで答えない。

『おい、なんとか言え』

業を煮やした騎士従者が男を突き飛ばす。

地面に転がった男が苦しみ出した。

『テンゼンさん！』

勇者ソラが乱暴な騎士従者を窘める。

『ソラちゃん、見るじゃん』

タクヤの示す先で、男の身体から黒い靄が漏れ出し、体表で紫色の光が瞬く。

『紫の光？　――まさか』

勇者ソラの言葉がトリガーになったかのように、男が内側から破裂したかのように膨れ上がり巨大化した。

騎士従者二人が、その膨張に巻き込まれて吹き飛ばされる。

『なんだ、あの禍々（まがまが）しい姿は？』

神官従者が、異形のバケモノと成り果てた男を見て目を見張る。

女冒険者の従者が魔法使い従者と一緒に、騎士従者二人を安全圏に運ぶ。

『ソラちゃん、鑑定してみるじゃん』

『は、はい』

勇者ソラとタクヤは剣を構え、油断なく異形のバケモノと対峙（たいじ）する。

『――魔王、です』

勇者ソラが異形のバケモノを驚愕の目で見上げた。

オレもマップ情報に目を通す。魔王「紅の道化師」レベル五〇、転生者ではない。それは体毛が紫じゃないから予想が付いていたが、なぜかユニークスキル「衣装自在（ドレス・アップ）」を所持している。

これはヨウォーク王国の偽魔王の時と同じだ。誰かが――おそらくは賢者の弟子が、男に魔王珠を与えたのかもしれない。

「ご主人様、どうしたの？」

「勇者ソラのいる場所に、本物の魔王が出た」

オレの様子を見に来たアリサに答える。

他の子達もこっちに集合していた。

勇者ソラの所にはレベル六七の聖堂騎士であるタクヤーモーリがいるから必要ないかもしれないけれど、念の為、勇者ソラの救援に行こうと、通路の陰から最寄りの刻印板に帰還転移(リターン)しようとしたのだが——。

「——あれ？」

帰還転移ができない。目印に使う刻印板がなくなっているようだ。

万が一の場合に備えて作ったユニット配置用の小屋は存在しているが、あれは勇者メイコ達のいる広場なので今は使えそうにない。

「にんにん〜」

タマが何か言いたげな顔でオレを見上げている。

——そうだ。

「タマ、この前、魔王と遭遇した広場は覚えているかい？」

「もちもち〜」

「そこへ、影を繋いでくれる？」

「お任せあれ〜？」

オレ達はタマの忍術で影から影へと渡り、勇者ソラ達のいる広場に移動する。

「にゅ？　ちょっとズレた～？」

出現場所は広場ではなく、広場の手前の通路だった。

「ご主人様、見えない壁があるのです！」

「結界みたいです」

ポチがバンバンと見えない壁を叩き、ルルが物品鑑定スキルでその正体を見抜く。

「出番が来たと告げます！」

オレが結界を抜けて皆を引っ張り込もうと思ったのだが、ナナがやる気に満ちた顔で一歩前に出た。

「強化外装、装着！　パイルバンカーを使う時だと宣言します！」

新装備の盾を装着し、ナナが結界に盾を押しつける。

「虚数パイルバンカー発動と告げます！」

炸薬が弾け、その反動でパイルバンカーの杭が結界に叩き込まれる。

ガシャンとガラスが砕けたような音と共に結界が砕けた。

「快感、と告げます」

ナナが自慢げにオレ達を振り返る。

無表情のままだけど、ドヤ顔をしているかのような雰囲気が伝わってくる。

「わ～お～」

「すごく凄いのです！」

タマとポチが称賛し、オレも「よくやったね」と褒めてやる。

「――ご主人様」

「おっとそうだった。早く行かないと」

オレ達は足早に広場に駆け込む。

「むぅ」

さっき「遠見」で見ていた光景から、大きく状況が変わっている。

壁際に血塗れで転がる従者達、広場の中央で魔王と対峙する勇者ソラは、兜を吹き飛ばされ頬を鮮血が流れている。

「隙ありじゃん！」

タクヤが魔王の背後から組み付き、そのまま腕を逆手に取って地面に組み伏せた。

「ソラちゃん、今じゃん！」

タクヤが叫ぶ。

「はい！　――雲外蒼天！」

勇者ソラの身体を濃い青色の光が流れる。

聖剣が帯びる青よりも濃い光が、勇者ソラの身体から聖剣へと流れ込んだ。

――BYIEROOOOWDM。

魔王の身体を暗紫色の光が流れ、ピエロの衣装がめまぐるしく変化し、組み伏せたタクヤごと十重二十重の盾のように周囲を覆う。

聖剣から身を守ろうとあがいているのだろうか？

「我、求めるは――乾坤一擲！」

勇者ソラが使う二つ目のユニークスキルが、聖剣を目映いばかりに輝かせる。

彼女の額を脂汗が流れ、聖剣を持つ手が裂けて血が噴き出す。

アリサのユニークスキル「不撓不屈」のように回数制限のあるスキルなのだろう。無理なユニークスキルの使用で、勇者ソラに強烈な反動がきているようだ。

だが、それだけの犠牲を払う価値があるのだろう。青い光を帯びた聖剣から凄い力を感じる。あれは聖句を使ったクラウソラスやガラティーンよりも強い。それこそ、オレの秘蔵のエクスカリバーに匹敵する類い希なる強さだ。

「滅びろ、魔王！」

勇者ソラが烈光を帯びた聖剣を振り下ろす。

聖剣が魔王の衣装と激突し、青と紫の火花を上げながら、魔王の盾衣装を一枚また一枚と弾け飛ばしていく。

「うぉおおおおおおお！」

ついに最後の盾衣装が砕かれ、魔王の身体に聖剣が届いた。

「滅びろ、魔王ぉおおおおおお！」

――BYIEROWWWWWYD。

勇者ソラが吼え、魔王が悲鳴のような絶叫を上げる。

最後にビキッと核が割れる音がして、魔王の皮膚が粟立(あわだ)ちミイラのように干からびた後、骨になって崩れた。

「なんか出たじゃん」

魔王から暗紫色の光球――「神のカケラ」が浮き上がる。

神剣で始末したいところだが、サトゥーの姿でそれをするわけにもいかない。

『引き抜かれたり、バラされたり、埋め込まれたり、散々ざん～』

光球はそうぼやいた後、迷宮の天井に吸い込まれるようにして消えた。

「――たお、せた、の？」

勇者ソラが膝を突き、荒い息と共に呟いた。

その通り、間違いなく彼女は魔王を倒した。

その証拠に魔王の死骸から「神のカケラ」が出たし、彼女の称号が「真の勇者」になっている。

「皆、従者達の治療を頼む。オレはソラさん達の所に行ってくるよ」

オレはそう指示を出し、勇者ソラ達の方に足を向ける。

「ソラちゃん、おめでとうさんじゃん」

「ありがとうございます、タクヤ卿」

二人が拳(こぶし)をコンッと合わせて勝利を祝う。

共に強敵と戦って、友情が芽生えた感じかな？

鼬人にも気の良い奴はいるんだね。

黒幕の正体

〝サトゥーです。ミステリーの犯人当ては成功した事がありません。ですが、ミステリー・ドラマを見ながら「あいつが犯人だ！」と友人と予想し合うのは好きだったので、当て馬刑事役なら適任かもしれませんね。〟


「勇者ソラ、タクヤ＝モーリ卿、魔王討伐おめでとうございます」

魔王の死骸の前で友情を確かめ合う二人に声を掛ける。

「よう、ハーレム王。出番は終わっちゃったじゃん」

「タク・ヤ卿、そんな言い方は良くありません」

魔王討伐に間に合わなかったのはともかく、ハーレム王とかいう風評被害は止めてほしい。

「ソラちゃん、血が出てるじゃん」

「兜を吹き飛ばされた時に切れたみたいです」

「これ使うじゃん」

タクヤがアイテムボックスから取り出した魔法薬を、勇者ソラに差し出す。

「グルメな天才錬金術師が作った甘い魔法薬だから、心配無用じゃん」

「苦い薬が飲めない子供じゃないんですから。それにこのくらい、後で回復魔法を掛けてもらえばすぐ治りますよ」

「遠慮は無用じゃん。後回しにして、可愛い顔に傷が残ったら大変じゃん」

「タクヤ卿は大げさですよ」

勇者ソラがはにかみながら魔法薬を受け取る。

なんだか、とてもお邪魔キャラになった気分だ。

「それじゃあ、いただきます」

「どうぞどうぞじゃん」

勇者ソラが魔法薬を呷(あお)る。

「――え？」

ただでさえ薄暗かった迷宮が、一瞬で真の暗闇へと変わり、次の瞬間、天井付近からミラーボールのような光が降り注ぎ、ダンスミュージックのような曲に合わせて周囲を忙(せわ)しなく駆け巡る。

「周辺警戒！」

オレは仲間達に注意喚起し、レーダーを頼りに仲間達のいる場所へ縮地で移動する。

「にゅ～？」

「大変が困ったのです！」

あまりに意味が分からない状況に、タマとポチが困惑の声を漏らす。

「大丈夫だよ、二人とも」

そんな二人の頭を撫でて安心させる。

ミラーボールの光が消え、今度はスポットライトが勇者ソラを照らした。

スパパパパンッと音がして、紙吹雪や紙テープが舞い、勇者ソラの周囲を彩る。

勇者ソラの頭上に「おめでとう」の文字が浮かんだ。

「なんなのでしょう?」

「ソラちゃんを祝福してくれてるんじゃん?」

困惑する勇者ソラとは対照的に、タクヤは余裕の表情だ。

まあ、勇者ソラの気持ちも分かる。オレも仲間達も絶賛困惑中だ。

『魔王討伐イベントにご参加くださりありがとうございました』

どこからともなく、ハスキーな女性の声が聞こえてきた。

『本ダンジョンはリニューアルの為に臨時休業いたします。お手回り品、お忘れ物なきようご注意ください。迷宮主(ダンジョン・マスター)およびスタッフ一同、またのご来場をお待ち申し上げます』

チッと舌打ちが聞こえた。

「ふざけ過ぎじゃん」

タクヤに同意だ。

この声は迷宮主のものなんだろうけど、あまりに悪ふざけが過ぎる。

風を手繰り、音の出所を探す。複数だ。広場の壁の割れ目から漏れ聞こえてきているらしい。

『では、ご退場ください』

声と同時に視界が変わり、明るい日差しに目が眩(くら)む。

それは一瞬で、すぐに光量調整スキルが視界を回復させてくれた。

「皆、無事だね」

周りには仲間達が全員揃っている。

「あい」

「はいなのです！　ポチはいつだって大丈夫なのです！」

タマとポチが目を擦りながら周囲を見回す。

「外？」

「迷宮門前みたいね」

ミーアやアリサが言うように、オレ達は迷宮の外に放り出されたようだ。

「迷宮門が閉ざされていますね」

「あの声が言っていた『臨時休業』って事でしょうか？」

リザとルルが迷宮門を見ながら言葉を交わす。

迷宮門の左右の彫像から流れ出ていた溶岩も今は止まり、門扉なんてなかったはずの迷宮門に「ぬり壁」のような一枚板の石扉が設置されて、再侵入を阻んでいる。

前はあんな石扉はなかった。

その石扉の前には地元の冒険者らしき獣人達が集まって騒いでいる。

「迷宮の中に入れないぞ?!」

「どういう事だ？」

冒険者達が迷宮門の石扉をドンドンと叩く。

「いつから入れないのですか？」

「さっきだ。一〇年以上も冒険者をやってるが、こんな事は初めてだぜ」

「迷宮を探索していたのに、急に外に放り出されたのと何か関係があるんじゃないか？」

やはりこの状況は、めったにない異常事態らしい。

「マスター、あちらに勇者達もいると告げます」

ナナが岩陰の向こうを指さす。

他の広場にいた者達も一緒に放出されたようで、皆が戸惑ってザワザワと状況を把握しようと言葉を交わしている。

「やったぜー！」

「魔王討伐」

「「いえーい！」」

視線を巡らせると、喜び合う勇者セイギと勇者ユウキの姿があった。

当然ながら、魔王を倒した勇者ソラ以外は誰も「真の勇者」になっていない。

「勇者様！」

「よう、ペンペン！　お前らも無事だったか」

「なんか、急に魔王が動かなくなってさ、皆でタコ殴りにしてたら『おめでとう』表示が出てびびったぜ」

なるほど？

勇者ソラが本物の魔王を倒したから、偽魔王達が動かなくなったのか？

いや、それは少しおかしい。だって、魔王になったあの鼠人は、偽魔王達が暴れ回っている時点では魔王ではなかったのだから。

「セイギ君、ユウキ君！」

勇者フウが合流する。

訝しげな顔をした勇者メイコもだ。

「フウやメイコも無事だったんだな」

「うん、メイコちゃんのお陰。——あれ？　ソラ先輩は？」

そういえばいない。タクヤもだ。

オレは素早くマップを開き、勇者ソラの現在位置を検索する。

勇者ソラとタクヤの二人は、まだ迷宮にいた。

「ご主人様、もしかして」

「ああ、まだ中だ」

アリサの問いに首肯する。

空間魔法の「遠見（クレアボヤンス）」で確認しようとしたが、一瞬だけ何かを話す勇者ソラとタクヤが見えたけど、すぐに映像が乱れて見えなくなった。

帰還転移（リターン）するにも、迷宮内に設置した刻印板は全て失われていて不可能だ。

「アリサ、タマ、行けるか?」

「転移は無理。迷宮門の向こう側が完全にシャットアウトされちゃってる」

「タマも無理~。にゅい~んってしたら、バラバラに散っちゃう感じ~?」

アリサの上級空間魔法でも、タマの忍術でも再侵入は無理らしい。

「ここはパイルバンカーの出番だと主張します」

そう言ってナナが気合いを入れるも、迷宮門の扉は想像以上に分厚く頑丈で、パイルバンカーで穴を開ける事はできても扉を砕く事はできない。

応援してくれた地元の冒険者達には悪いが、力業で突破するのは無理なようだ。

「アリサ、魂殻花環を――」

「――無理しちゃダメよ」

アリサから魂殻花環を受け取る。

「――ペンペン!」

ユニット配置しに岩陰に行こうとしたところで、後ろから勇者達が駆け寄ってきた。

「ソラ先輩がいないんだ!」

「見なかったか?!」

勇者セイギと勇者ユウキだ。

「中に取り残されているのかもしれま――後ろ!」

勇者達の背後に大型のピエロ魔族が出現した。

「のわっ」

「うぉおおお」

ピエロ魔族の奇襲を、勇者達は地面にダイブして回避する。

他にも下級中級おりまぜて二〇体以上のピエロ魔族が現れており、迷宮前は大混乱状態だ。

「リザ」

「承知！　ポチ、タマ、行きますよ！」

「ラジャなのです！」

「あいあいさ～」

リザがポチとタマを連れて、ピエロ魔族に突撃する。

「ピエロならピエロらしく、玉乗りに興じるべきと告げます！」

「ミーア、魔族の足を鈍らせるわよ」

「ん、■■■……■　絡水流（エンタングル・アクア）！」

ナナが挑発スキルを乗せた声で魔族達の注意を引き、アリサが空間魔法の「隔絶壁（デラシネーター）」で、ミーアが水魔法でそれぞれピエロ魔族の行動を阻害する。

「ルルは冒険者達の援護を」

「はい！　分かりました」

ルルが火杖銃（ひつえじゅう）と金雷狐銃（きんらいこじゅう）の二丁持ちで、冒険者達の脱出を支援する。

「こっちは任せるぞ」

「おっけー！　ご主人様、前みたいに無茶しちゃダメよ！」

アリサから借りた魂殻花環を装備し、物陰からユニット配置で迷宮の深部へと戻る。

「——暑いな」

迷宮の中が様変わりしている。

あちこちから溶岩(マグマ)が噴き出していて、異様に暑い。

大事な魂殻花環が壊れないようにストレージに収納し、早着替えスキルで勇者ナナシの姿に変身する。

「ソラ達はあっちか」

閃駆(せんく)や縮地をおりまぜて猛ダッシュで移動しながら、空間魔法の「遠見」「遠耳(クレアヒアリス)」で勇者ソラの様子を確認する。意外な事に、今度は問題なく使えた。たぶん、外と中を隔絶する結界か何かがあったのだろう。

『タクヤ卿、中継基地にも誰もいません』

『まあ、いいじゃん。二人っきりの逃避行もおつなもんじゃん』

ソラ達は中継基地の方に移動したらしい。

オレは急制動を掛けて停止し、今来た方向に進路を戻す。

とりあえず、彼女達の身に何も起こっていないようだし、閃駆から天駆に切り替えて安全飛行で向かう。

『地上に向かいましょう。ここにある物資を——』

『大丈夫じゃん？』

よろめいた勇者ソラをタクヤが支える。

『大丈夫れす。あれ？　なんらか、ろれふが』

なんだろう？　何か勇者ソラの様子がおかしい。

『やっと効いてきたじゃん』

『タクヤ卿、何を言って――』

勇者ソラが地面に倒れ伏す。

『あれ～？　まだ気付いてないじゃん？』

『――まさか』

――まさか。

勇者ソラの声とオレの心の声が重なる。

勇者ソラの状態が「麻痺」になっていた。

『お察しの通りじゃんよ。俺ちゃんが黒幕』

タクヤのカミングアウトに勇者ソラが絶句する。

オレもまた予想外の展開に言葉もない。偽魔王や上級魔族の背後に黒幕がいるとは思っていたけど、まさか勇者ソラと意気投合したように見えたタクヤーモーリがそうだったなんて。

『セイギも言ってたじゃん？　俺ちゃんが「悪人」だって』

確かに、二度も勇者セイギのユニークスキルがタクヤを悪人だと判定していた。

あまりに胡散臭い人物だったから、逆に黒幕じゃないと思い込んでいたよ。

『それに他人から貰った物を、無防備に飲んじゃダメじゃん？』

あの時、勇者ソラに渡した魔法薬に、遅効性の麻痺薬を仕込んだのか。

タクヤは地面に倒れ込んだまま勇者ソラを足蹴にして仰向けにした後、彼女の腰から聖剣を鞘ごと抜き取って自分のアイテムボックスに投げ込んだ。

『どうして』

勇者ソラの瞳に涙が浮かぶ。

それを見たタクヤの顔が、邪悪な愉悦に歪む。

『そうそう、その顔が見たかったじゃん』

『――タクヤーモーリ、楽しむのはいいけど』

さっきの放送の声が割り込んだ。

『良いところなんだから邪魔するなじゃん』

『お客さんだよ』

見えた、タクヤと勇者ソラだ。

「どっから紛れ込んで――」

――縮地。

掌底突きでタクヤを吹き飛ばす。

「勇者ソラ、遅れてごめんねー」

「あなた(あなたら)は？」

「勇者ナナシ。シガ王国の勇者だよ」

久々に勇者ナナシ口調を意識して喋(しゃべ)る。

「痛(いて)てて、不意打ちなんて卑怯(ひきょう)じゃん」

けっこう手加減抜きで掌底突きを放ったのに、タクヤには効いてなさそうだ。

タクヤがいつの間にか手にしているのは、聖堂騎士らしい清廉な意匠の魔剣ではなく、見ているだけで呪われそうな深紅の小魔剣だ。いつの間にか持ち替えたらしい。

「薬を盛るのは卑怯じゃないの？」

「もちろん、卑怯に決まってるじゃん。俺ちゃんは悪党だから、卑怯な事をしてもいいんじゃん」

勇者ソラの麻痺を解除してやりたいが、悠長に魔法薬を飲ませている隙は与えてくれそうにない。

「レベル九九？　シガ王国の勇者はバケモノじゃん」

タクヤが交流欄に設定したオレの公開ステータスを読み取って吐き捨てるように言う。

その顔には圧倒的レベル差に対する気負いも怯えもない。

「降参する気はない？　今なら生命(いのち)は保証するよ？」

「勝った気になるのは早いじゃん」

タクヤが足先で地面をタップすると、ズドンッと音がして石柱が地面から生えた。

「まあ、どんなに強くても、ここでは俺ちゃんには勝てないじゃん」

何をするつもりか知らないが——縮地で接近して石柱を細切れにし、タクヤの腰の剣や鎧を破壊する。

「うっひゃー、レベル九九でそこまでできるって、どんなビルドなんじゃん」

悪いが本当はレベル三一三だ。

エピドロメアス戦が終わった後に確認したら、いつの間にか一つ上がっていた。

「——やれ、サイエ！」

タクヤが誰かに向かって叫び、彼を組み伏せようと伸ばした手が空を切った。

◆

——え？

一瞬で視界が変わった。

真っ赤だ。浮遊感。オレはすぐに状況を把握する。

ここは底で溶岩が煮えたぎる垂直の大穴だ。オレはタクヤに大穴の中央へと転送されたらしい。

「そのまま溶岩まで真っ逆さまに落ちるといいじゃん」

空中に四角い映像が表示された。タクヤだ。

「そうはならないさ——」

天駆で姿勢を立て直そうとするも、魔喰いの魔力中和空間のように手応えがない。天駆だけじゃなく、魔法も使えないようだ。

「そこは魔力が中和してあるじゃん。魔法もスキルも使えないじゃんよ」

タクヤがオレを見下ろして嘲笑う。

「ざまあみろじゃん」

良い気分のようだが、この程度は逆境でもなんでもない。

ストレージから出したハンマーを次々に投げて、その反動で壁に向かう。

「そうは問屋が卸さないじゃん」

着地しようとした壁の螺旋階段が消失した。

壁に聖剣を突き立てようとしたら、壁面が爆発して大穴の中央付近まで飛ばされる。タクヤが細工したのか、爆発のベクトルは下に向いている。

溶岩まであと少し。

「もう詰みじゃん」

オレを見下ろすタクヤの顔が邪悪な愉悦に歪む。

「――そうでもない」

ストレージから出した岩塊を全力で蹴る。

岩塊が溶岩に落ち、水飛沫のように溶岩が散るが、それが届く何倍もの速さでオレは宙を舞う。

目指すはタクヤの声がする場所。

「馬鹿じゃん、そこはただのマイク――」

「そこだ！」

空間の隙間に手刀を突き入れ、ぐいっと強引にこじ開ける。

――いた。

驚愕に顔が歪むタクヤだ。

「でたらめじゃん！　でたらめにもほどがあるじゃん！」

タクヤが慌てて空間を閉じようとするよりも早く、向こう側に身体を滑り込ませる。

「あんた神様かなんかかよ！」

「違う」

タクヤが狼狽して「じゃん」語尾も忘れている。

ここはさっきいた中継基地とは違う場所だ。勇者ソラは麻痺状態のまま、タクヤの横にあるY字型の支柱に縛り付けられている。上半身の鎧が外され、鎧下に血が滲んでいる。

とりあえず、勇者ソラを救出しようと視線を向けた瞬間――。

「――動くな！　動いたら、ソラちゃんを殺すじゃん」

タクヤは狼狽しつつも、深紅の小魔剣を勇者ソラの首に当てる。彼女は人質らしい。

「これは即死効果のある暗殺用短剣じゃん。相手が勇者でも、レベルが五〇以上あろうと、一撃で即死しちゃうじゃん」

ハッタリじゃない。小魔剣の横にポップアップされたAR表示にもそう書いてある。

多少の怪我なら、後でいくらでも癒やせるけど、即死はマズい。テニオン神の洗礼を受けていないであろう彼女を、公都のテニオン神殿で復活させる事はできないのだから。

「ここは、どこ?」

「自分で調べたらいいじゃん。鑑定(アナライズ)スキルくらい持ってるじゃんよ?」

それもそうだ。部屋を注視したら、AR表示がポップアップした。

ここは「迷宮主の間(ダンジョン・マスターズ・ルーム)」、迷宮主が隠れ住む迷宮の真なる最深部だ。

「やっぱり、迷宮主と組んでいたんだね」

「組む?」

あれ? 違うのか?

これ以上問い詰めても、答えが返ってこない気がする。

「まあ、いいや。それで要求は何?」

そう尋ねながら、周囲を見回す。

タクヤの向こう側に、青く輝く結晶体が浮かんでいる。

――迷宮核(ダンジョン・コア)。

すぐさま叩き壊したいところだが、それをやったら迷宮が崩落して、地上の勇者達に犠牲が出てしまいそうだ。

勇者ソラを取り返したら、「魔力強奪(マナドレイン)」の魔法で、迷宮核から魔力を吸い上げて無力化しよう。

「俺ちゃんの要求は『準備ができるまで、そこで見てろ』じゃん」

「なんの準備? そもそも君の目的はなんなのさ?」

偽魔王や魔族と勇者達を戦わせ、勇者ソラを手助けまでして魔王を倒させ、最後に裏切った。

彼が事件の黒幕というのは分かったけど、その目的がさっぱり分からない。

「なんだと思うじゃん？」

タクヤが質問返しでけむに巻く。

――ん？

レーダーにもう一つ光点がある。

そちらに視線を向けると、生活感のあるソファーセットの後ろから、フードを目深に被った謎の女がこちらを窺っていた。

オレと目が合った瞬間にバタバタと慌てふためいて転がるように逃げ出す。

――げっ。

この女の正体は「賢者ソリジェーロの弟子」で、「迷宮研究家」の称号を持つサイエ・マードだ。

確かヨウォーク王国で偽魔王事件を起こした「賢者の弟子」パサ・イスコと一緒に、「無垢の宝珠」の再利用方法の研究をして、魔王珠を開発した片割れのはず。

さっきオレを転送した時に、タクヤが呼んでいた「サイエ」とは彼女のようだ。

てっきり、彼女が迷宮主かと思ったけど、彼女の称号に「迷宮主」はなかった。

「なるほど、『賢者の弟子』の研究に協力していたって事？」

「俺ちゃんがサイエの研究に協力？　なんの冗談じゃん？」

「そうじゃないの？　鼬帝国で『魔王珠』や魔王を兵器利用しようっていう計画じゃや？」

オレの答えを聞いたタクヤがキョトンとした顔になった。

「あんた、ミステリーの探偵役にはなれないじゃん」

「ミステリーは苦手なんだ」

タクヤに呆れた顔をされた。

「このヘボ探偵に、目的を教えてよ」

「――自由じゃん」

投げやりに尋ねたら答えが返ってきた。

「自由？　魔王信奉集団『自由の翼』や『自由の光』の関係者って事？」

タクヤのステータスに、それらの団体に所属するという情報はない。

だが、所属していない関係者だというなら、偽魔王を操ったり、サイエ・マードと協力関係にあったりした事も理解できる。

「ハズレ。あんた、ヘボ探偵にもなれないじゃん」

失礼な。そこまで酷くないと思う。

会話の間に、勇者ソラを救出する隙を探しているが、さすがは高レベルの聖堂騎士だけあって、欠片(かけら)の油断もない感じだ。

「ヘボ探偵未満のあんたにつき合ってたら、日が暮れそうじゃん」

「仕切り直すなら、勇者ソラを返してくれない？」

ダメ元で聞いてみたけど、答えは予想通り「ダメに決まってるじゃん」と返ってきた。

「ある時はきっぷのいい遊び人、ある時は無敵の聖堂騎士、またある時は――」

「おい！　タクヤーモーリ！　遊びが過ぎるぞ！　迷宮主の力で、こいつを迷宮の外に排除しちゃえよ」

割り込んだのはサイエ・マードだ。

「せっかく気分良く口上をあげてたのに邪魔すんなじゃん」

いや、それよりも――。

「――迷宮主？」

サイエ同様、タクヤの称号に「迷宮主」というのはない。

オレの呟きをスルーして口上の続きを言う。

「そして、その実体は――」

タクヤの身体を紫色の光が流れた。

紫色の光、それはアリサ達転生者がユニークスキルを使った時に出る光だ。

確定だ。タクヤはなんらかのユニークスキルを持っている。

つまり、彼は魔王珠を使ったか、あるいは――。

「――日本からの転生者」

タクヤがそう言って、再び紫色の光を発すると体毛が紫色に変わった。今まではユニークスキルで体毛の色を偽っていたようだ。

そして三度、タクヤが紫色の光を纏う。

今度は全身ではなく、小魔剣を持ったのと逆側の手に、だ。

「あうっ」

その手が勇者ソラに触れると、電撃を受けたように彼女が痙攣した。

「何をする！」

「あんたとのレベル差を減らす為じゃん」

——レベル差？

タクヤのレベルはユニークスキルを使う前と変わらない。

「一回じゃダメじゃん？　なら、効果が出るまで繰り返せばいいじゃんね」

「あうっあうっあぁあああああ」

言葉通りに、タクヤがユニークスキルを連続する。

その間も、反対側の手に持った小魔剣は、身体を痙攣させる勇者ソラの首に吸い付くように張り付いたままだ。

「止めろ！　誰かをいたぶりたいなら、オレが代わってやる！」

「そっちが素？　口調が変わってるじゃん」

タクヤに指摘されて勇者ナナシ口調じゃなくなっているのに気付いたけど、そんな事はどうでもいい。

「それより、気付かないじゃん？」

「何を——」

タクヤのレベルが上がっている。

逆に、勇者ソラのレベルは幾つも下がっていた。数えていなかったけど、タクヤがユニークスキルを使った回数分だけレベルが下がっているんだと思う。

「タクヤ卿！　そんなにユニークスキルを使ったらダメです！」

そうタクヤに助言したのは勇者ソラだ。

タクヤのユニークスキルの副作用なのか、いつの間にか彼女の麻痺が解除されている。

「どうしてじゃん？」

タクヤが面白がって尋ねる。

勇者ソラが「ユニークスキルを使わないで」じゃなく「ユニークスキルを使ったらダメ」と言った事を面白がっているのだろう。

「一般には知られていませんが、転生者がユニークスキルを使い過ぎると魔王になってしまうんです」

「へー、物知りじゃん」

タクヤの軽い口調からして、彼はその事実を知っているようだ。

それでもタクヤはユニークスキルを使う。

「あうっ。――だから、止めてください」

「そんなにレベルが吸われるのが嫌じゃん？」

「レベル？　そんな事はどうでもいいんです！」

「どうでもいい、じゃん？」

タクヤが意外そうな顔になる。

「そうです！　レベルなんて、また上げ直せばいいけど、魔王化したら元に戻れないんですよ！」

「もしかして、本当に俺ちゃんの心配をしてるじゃん？　ソラちゃんを裏切って、こうして食い物にしている俺ちゃんを？」

必死に訴える勇者ソラとは対照的に、タクヤは冷めた顔だ。

会話をしながらも、タクヤはレベルを強奪するユニークスキルを使い続ける。

注意を逸(そ)らそうと「理力の手(マジック・ハンド)」で物音を立てようと画策するが、迷宮核の傍にいるサイエが何かして、それを妨害してしまう。

「いけませんか⁈　裏切りは取り返しが利きますけど、魔王化はそうじゃありません！」

「とんだ甘ちゃんじゃーん？　俺ちゃんヘドが出そう」

タクヤが唾(つば)を吐き捨てながら、ユニークスキルを使う。

「もしかして、イタチ皇帝か皇弟から俺ちゃんの境遇を聞いちゃったー？」

「境遇、ですか？」

勇者ソラが苦しそうに言葉を返す。

「あれ？　聞いてない？　俺ちゃんが皇帝のギアスに縛られて、無理やり迷宮主にされた挙げ句、迷宮の奥底で勇者を引きつける囮役をやらされてるってー？」

なるほど、真の黒幕は鼬帝国の皇帝だったのか。

こうなってくると、マキワ王国の戦場でネズを保護してくれたというよりも、拉致したんじゃないかって懸念が現実味を帯びてきた。ネズやケイの状態に変化がないから、酷い目には遭ってないと思うけど、早めに鼬帝国まで会いに行った方が良さそうだ。

「もしかして、知らないで忠告とかしてたわけ？　苦労して上げたレベルが理不尽に奪われているのに？」

タクヤの質問に、勇者ソラが首肯する。

「うわっ、だだ甘すぎて意味が分かんねー」

処置無しとでも言いたそうな顔で顎を反らし、昏い目で勇者ソラを見下す。

「あうっあうっあぁぁあああ」

タクヤがユニークスキルを連続で行使する。

勇者ソラのレベルは既に二〇を切った。一方で、タクヤが上がったレベルはたった五。レベルを奪うと言うよりも経験値を奪うユニークスキルなようだ。レベルは上がるほど、次のレベルまでの経験値が増えるから、こんな感じになったんだと思う。

いや、暢気に検証している場合じゃない。

「そのへんにしておきなよ。リスクが低いユニークスキルかもしれないけれど、あんまり使い過ぎると、彼女が言うように魔王化しちゃうよ？」

現に、タクヤの身体に、ミミズ腫れのような暗紫色のスジが幾本も浮き上がっている。

いくらなんでも、そろそろ限界のはずだ。

「別に構わないじゃん」

タクヤの身体から黒い靄——瘴気が漏れ出始める。

「もしかして、魔王になりたいの？」

「正解じゃん。ヘボ探偵未満返上じゃんよ」

タクヤが身体から溢れ出る瘴気を気にせずに、さらにユニークスキルを使う。

勇者ソラのレベルがついに一桁に達した時、タクヤの身体がボコボコと脈打ち、異形の姿に変わっていく。

——今だ。

縮地の連続行使でタクヤの視界から消え、小魔剣を持つ手を切り落とし、そのままストレージへと収納する。

あとは変形中のタクヤを蹴飛ばして、強制的に勇者ソラから距離を取らせた。

「救出が遅れてごめんね」

「構いません、それよりもタクヤ卿が！」

「悪いけど、君の救助を優先させてもらったよ」

激突した柱の所で、タクヤの変形が終わった。

「これが魔王？　悪くないじゃん」

タクヤの魔王化が完了した。勇者ソラの経験値を吸って七二だったレベルが、八二まで上がっている。

それと同時に、彼が隠蔽していたユニークスキルが露わになった。

タクヤのユニークスキルは「隠滅詐称（フェイク・マスター）」「技能模倣（フェイク・スキル）」「分裂魔殖（パラサイト・キメラ）」「悪行招力（ヴィラン）」「魂魄強奪（エナジー・ドレイン）」の五つだ。

おそらくは「隠滅詐称（フェイク・マスター）」がオレのメニューを偽っていたのだろう。

それはすぐに見えなくなったが、確認はもう終わった。

他にも隠されていた「迷宮主」「紅の道化師」などの称号や重犯罪の罪科の数々が見えたが、それは本題ではない。

「タクヤ卿に……魔王の称号が、あります」

変わり果てたタクヤの姿に、勇者ソラが涙する。

彼を救えなかった事を悔いているのだろう。

「ギアスの呪縛から抜け出る為に魔王になったの？」

「ギアスの呪縛、じゃん？」

タクヤがめり込んだ柱から身体を引き剥がしながら、首を傾（かし）げる。

「ああ！　あんなでたらめを信じてたんじゃん？　ギアスなんて、迷宮主になった時に解除アイテムをクリエイトして、とっくに解除してあるじゃん」

嘘だったのか——というかどこからどこまでが本当なのか嘘なのか。

とりあえず、全て口から出任せと思って行動しよう。

「何をしているんだ、タクヤーモーリ！」

サイエが物陰からヒステリックに叫ぶ。

「長々と喋っているうちに、『真の勇者』を取り返されたじゃないか！」

——取り返された？

もしかして、「真の勇者」が何か重要なファクターだったのか？

その為に、タクヤは魔王を用意し、勇者ソラに倒させて「真の勇者」に至らせた？

「やかましいじゃん！」

タクヤがサイエに向けて腕を振ると、それだけで衝撃波が生じ、ソファーセットごとサイエを吹き飛ばした。

「危ないじゃないか！　セレナから貰った呪符がなかったら、死んでたぞ！」

「ちっ、しぶといじゃん」

さすがは悪人、仲間でも平気で殺そうとする。

『——ご主人様！』

遠話（テレフォン）が入った。アリサだ。

『繋がった！　そっちの状況は把握したわ。ソラたんの回収班を送ったから、わたしの合図でタクヤの気を引いて』

さすがアリサ、頼りになる。

『——今よ』

「遊びはここまでだ」

タクヤに向けて小火弾（ファイア・ショット）を連射する。

小火弾に触れた地面や柱は燃え溶け、猛烈な炎が視界を塞ぐ。

「こんな場所で無茶するじゃん！」

タクヤが自身と迷宮核に障壁を張り、小火弾の雨を防御する。

これでしばらく、こっちは見えないはずだ。

「にゅ？」

足下の影から黄金鎧姿のタマが顔を出した。ポチもだ。

目が合うと、二人がシュピッと片手を上げて挨拶する。

さすが忍者タマ。オレの影を目印に、こんな場所までやってくるとは。

「勇者ソラを回収してくれ」

「あい」

「お任せなのです」

「そんな！　私だけ――」

二人が勇者ソラを抱えて影の中に消える。

何か言おうとしていたが、レベル一桁の彼女がいては魔王と戦うのが難しいのだ。

◆

小火弾の炎が消え、迷宮主の間に静寂が訪れる。

だが、それも一瞬の事――。

「タクヤーモーリ！　勇者が一人いないぞ！　せっかく作ったクソ雑魚な『真の勇者』に逃げられちゃったじゃないか！」

「黙れ、じゃん！　『真の勇者』なら、そこの仮面野郎もそうじゃんか」

さっき切断したタクヤの腕が再生している。

「一応、確認するけど、降伏する気はない？」

「聞くだけ野暮じゃん！　――悪行招力（ヴィラン）！」

タクヤの身体を紫色の光が流れ、ボコンボコンと肉体が膨張する。

まさにアメコミに出てくる悪役（ヴィラン）のごとき悍（おぞ）ましい姿だ。タクヤが新たにアイテムボックスから出した魔剣が小さく見える。

――縮地。

「縮地！」

オレが縮地でタクヤの背後を取れば、彼も縮地で背後を取り返す。

おそらくは「技能模倣（フェイク・スキル）」とやらによるスキル・コピーだろう。

素早く位置を入れ替えながら、小技を応酬する。

これだけの高速戦闘だと、迂闊な必殺技はかえって隙になるからね。

「なかなかやるじゃん！　だったら、これはどうじゃん！」

縮地をしようとした瞬間、足がつっかえた。

足下にスネアトラップが現れていた。

「隙ありじゃん！　――怨魔鋼烈刃（サベージ・ハッカー）！」

「閃光延烈斬（シャイニング・ブレード）！」

タクヤの必殺技を、斬り払い系の必殺技で迎撃する。

ユニークスキル「悪行招力（ヴィラン）」の力なのか、凄まじく重い一撃だ。片手で受けるのは、なかなか辛（つら）い。

「――閃光螺旋突き（シャイニング・ストラッシュ）！」

オレは反対側の手に出した聖剣ガラティーンで、突き系必殺技を叩き込む。

カウンターの一撃がタクヤの肩に決まり、真鋼（アダマンタイト）のごとき強靭な装甲を貫いて、彼の腕ごと魔剣を吹き飛ばす。

本来なら、ここで閃光延烈斬か閃光六連撃（シャイニング・ヘキサ）あたりを重ねるのだが、そんな事をしたらタクヤを殺してしまうので、追撃は鳩尾（みぞおち）への全力の蹴りにしておいた。

軸足の地面がへこみ、タクヤの身体が途中にあった柱を吹き飛ばして、その向こうにあった壁にめり込んだ。

……魔王相手だからといって、ちょっとやりすぎたかもしれない。

ＡＲ表示される体力（ＨＰ）ゲージを見る限り、死んでいないだろうけどダメージ量がやばい感じだ。

「くそっ、なんでそんなに強いんじゃん。聖堂騎士団の団長や狐女（きつね）でも、ここまで強くないじゃんよ」

悪態を吐きながら、タクヤが起き上がる。

悪行招力（ヴィラン）の力なのか、傷口がボコボコ変形して、失った腕が生えてきた。

「それでも魔王か！　早く『真の勇者』を倒して迷宮の呪縛を抜けないか！」

――迷宮の呪縛？

それが勇者ソラを「真の勇者」にした本当の理由か。

「真の魔王になって、迷宮の呪縛を振り払うんだ！　僕の研究の為に！」

迷宮研究家のサイエの目的はそれか。

「うるさいじゃん。いくら俺ちゃんでもレベル差を埋めないと大変なんじゃんよ」

「レベル差なんて一七だけじゃないか！　レベル八二とレベル九九なんて誤差みたいなものだよ！」

「簡単に言ってくれるじゃん」

タクヤのぼやきを聞いたサイエが煽る。

実際のところ、レベル差は一七ではなく、二三一だ。

「もうちょい養分があれば――」

タクヤの視線がサイエを捉える。

「ぼ、僕はダメだよ！　さっきの勇者を観察してたけど、僕のレベルを吸い取っても一個上がれば良い方だからね！」

「それでも、無いよりマシじゃん」

「待った！　それなら、これをあげるよ！　開発中のレベルアップ薬！」

「レベルアップ薬？　そんなの聞いた事ないじゃん」

「だから、僕と賢者様のオリジナルだってば！　飲むと魔王化が進行しちゃう不具合があるけど、君はもう魔王なんだから関係ないよね？」

そう言ってサイエが鞄ごと魔法薬を差し出す。

——させないよ？

オレは縮地で割り込み、サイエの手から鞄を奪う。

「ひっどい味じゃん」

タクヤが次々に暗紫色の液体を飲み干す。

鞄の中は空だ。どうやら、盗賊系のスキルで鞄から抜き取ったらしい。

「一本で三レベルアップじゃん？　なかなか効率良いじゃんよ」

六本の薬を飲み干して、タクヤのレベルが一〇〇になっている。

「これで俺ちゃんの方がレベルが上じゃン」

薬の副作用なのか、タクヤの声がおかしい。

「くはハはＨＡは——楽シい、ＪＡン！」

タクヤが哄笑しながら変幻自在の剣技で襲い来る。

さっきの薬の副作用で魔王化が進行しているのか、呂律が怪しい。

早く決着を付けねばと焦るほどに、その隙をタクヤが巧妙に突いてくる。

『ご主人様、女が！』

遠話越しのアリサの声に視線を動かせば、物陰に避難していたサイエが地面を這って、迷宮核に這い寄ろうとしていた。

オレは牽制の魔法を放ち、サイエを吹き飛ばす。

「隙AリJAん」

――ファランクス！

タクヤが切り下ろし系の必殺技を使ってきたのを、使い捨て防御盾のファランクスで受け流す。

さすがは武人系の魔王だ。理性を失いつつあっても、油断のできない攻撃をする。

「COREも受ケRUきゃKYAキャ」

どんどん人語が話せなくなってきている。

「ブーすTOあップJAンじゃんJAじゃじゃ」

タクヤの身体を何度も紫色の光が流れる。

「止めろ！　ユニークスキルを使いすぎると戻れなくなるぞ！」

おそらくはユニークスキル「悪行招力」の重ね掛けでパワーアップを図ったのだろう。

「破滅WO恐レれTE何ギャ悪人ジョウあNアん」

オレの助言にも構わず、タクヤが笠にきたようにユニークスキルを重ね掛けした。

ゴボゴボと音を立ててタクヤの姿が凶悪になっていく。

「僕も手伝うよ、タクヤーモーリ！」

動きを止めたタクヤに、物陰からサイエが何かを打ち込んだ。

「何ＷＯ」

「とっておきの煉獄呪詛さ！」

――なん、だと？

煉獄呪詛、それは魔神残滓を賢者ソリジェーロが加工した最悪の呪具だ。

「本来の研究ができないのは残念だけど――」

サイエが罪悪感の欠片もなく、苦しむタクヤを感情のない目で観察する。

「――煉獄呪詛で迷宮主からは脱せられるみたいだね」

サイエの言葉をＢＧＭに、タクヤが内側から裂けて裏返る。

「うわっ、キモ」

――エピドロメアス。

魔王が人類の敵だとするならば、エピドはその名を口にするのも憚られる世界の敵だ。

スライムのように不定形になったタクヤが、漆黒の巨漢へと生まれ変わる。

――ＮＷＯＯＯＯＯＯＯＲＷＥ。

咆哮と同時に、迷宮核が砕けた。

「ああっ、迷宮核が！　これは予想外だ！　せっかく僕が自分で迷宮主になれるチャンスだったのに！」

サイエが何か言っているが、今はタクヤをどうにかする方が先だ。

「今、分離してやる！」

死は避けられないモノだとしても、エピドに取り込まれたまま滅するよりはマシのはずだ。

タクヤから煉獄呪詛を剥がそうとするが、以前と違って手応えがない。

「あははは、無駄むだムダぁあああ！　賢者様の作った煉獄呪詛を僕が更に改良した特別製だからね！」

サイエが成果を勝ち誇る。

だが、煉獄呪詛を剥がそうとする行為に多少の意味はあったみたいで――。

隆起と陥没を繰り返す身体に、タクヤの顔が浮かび上がる。

「――ダＭＷＡれ！」

タクヤがスライムの触手を操作して、サイエに黒い何かを投げつける。

額に直撃を受けたサイエが、血飛沫を上げて物陰の向こうに吹っ飛んだ。

「サっさＴＯ滅ぼスＪＡゃん」

声を絞り出すようにタクヤが言葉を紡ぐ。

「諦めるな！」

「悪人ＨＡクォの程度ＤＥ――」

言葉の途中で、スライム体の中に飲み込まれた。

「喰われた！」

死んだはずのサイエが、血塗れで嗤っている。

「まだだ！」

この程度で諦めていては、勇者とは言えない。

それがパートタイムの勇者であってもだ。

「悪人なら、しぶとく生き延びてみせろ！」

顔が消えたところに腕を突っ込んだ。

腕の先から腐っていくような冒瀆的な感触がオレの精神を苛む。

「——いた！」

何かを捉えた感触がしたと同時に引き抜いた。

タクヤの顔を掴んで、外へ引っ張り出す。

隆起と陥没を繰り返すだけだったスライム体が、タクヤを取り戻そうと棘のように変化した触手で攻撃してくる。

オレは素早く称号を「神殺し」に変え、ストレージから出した神剣で触手を切り払う。

——《滅び》を。

漆黒の神剣の周囲に、真暗の闇が溢れる。

それを畏れてエピドが逃げようと藻掻くが、もう遅い。

ただ一振りで、エピドは消滅し、その痕跡すらも残さず潰えた。

その呆気なさに、意表を突かれてしまう。外界から来たばかりの侵略者と、残滓から生み出された紛い物では、これほどの差があるらしい。

振り返った先で転がるタクヤは、ミイラのような姿で既に事切れていた。

タクヤの遺体から、暗紫色の光が浮き上がる。
『ふひ～、なんかばっちー』
『主様に言いつけてやるぅ』
『黒いのはキモキモのキモだねー』
『俺ちゃん、さいごはイマイチ～』
『やっぱ、イタチはダメダメじゃん～』
邪悪な「神のカケラ」を《滅び》を纏った神剣で一閃する。
暗紫色の光は一瞬で砕け、漆黒の刀身に吸い込まれて消えた。

＞「魔王『兇悪鼬(きょうあくイタチ)王』」を倒した。
＞「まつろわぬもの：タクヤーモーリ」を倒した。
＞称号「魔王殺し『兇悪鼬王』」を得た。
＞称号「迷宮攻略者：夢幻迷宮」を得た。
＞「神のカケラ」を倒した。
＞「神のカケラ」を倒した。
＞「神のカケラ」を倒した。
＞「神のカケラ」を倒した。
＞「神のカケラ」を倒した。

エピローグ

〝サトゥーです。憎まれっ子世に憚るとは言いますが、リアルの悪人はすべからく法の裁きを受けて、悔恨の下に反省してほしいものです。もっとも、物語(フイクシヨン)に登場するふてぶてしい悪役は嫌いじゃありませんけどね。〟


「どこへ行くの？」

抜き足差し足で割れた迷宮核(ダンジヨン・コア)の欠片を持ち逃げしようとする女、サイエ・マードを呼び止める。

「あははは、もう終わったみたいだから、お先にお暇(いとま)しようかな～なんて」

サイエが軽い口調で言う。

ついさっき、仲間だった魔王タクヤに煉獄呪詛を打ち込んで死に追いやった事に、なんの痛痒(つうよう)も罪悪感も抱いていないようだ。

「――お前も道連れじゃん」

その声と同時に、サイエの心臓に暗紫色の矢が刺さった。

「サルから巻き上げた神滅の呪毒矢じゃんよ」

「て、《転移》！」

サイエの姿が消える。

何かの転移系 秘 宝を使ったようだ。

「逃げちゃったか」

まあ、マーキングしてあるから、後で捕まえればいいだろう。

「心配無用じゃん。サルの話じゃ、神すら殺すって豪語してたじゃん」

「生きていたの？」

遺体から「神のカケラ」が抜け出ていたし、ログにはタクヤを倒したと出ていたのに。

「いんや、今の俺ちゃんはただの抜け殻。どんな魔法でもエリクサーでも治せない」

よく見たら、ミイラ状の遺体に重なって、半透明なタクヤの姿が見える。

「まったく、『イタチの最後っ屁』でお前らに『ざまあ』するはずが、あの馬鹿がしゃしゃり出てきたから、うっかりやっちゃったじゃん」

半透明なタクヤが遺体から剥がれ落ちる。

「――来やがったじゃん」

地面の亀裂から、怨念を帯びた悪霊達が現れた。

『お前も道連れにしてやるぅ』

『死ね死ね死ね死ね死ね死ね死ね』

『貴様に永久の苦しみと悔恨をぉおおお』

悪霊達がタクヤの霊体に殺到する。

「弱り目に祟り目。弱った相手を、ここぞとばかりにフルボッコするのは、ネットも異世界もおんなじゃん」

なるほど、タクヤに殺された者が悪霊となって襲いかかってきたわけか。

因果応報と言えるが――。

抑えていた精霊光を全開にして、瘴気を払い悪霊達を浄化する。

「お節介は不要じゃん」

「君の為じゃない」

悪霊達が満足な顔で昇天していく。

その効果はタクヤにも波及したらしい。

「まったく、こんな死に方は俺ちゃんの趣味じゃ、な、い」

タクヤが成仏しそうな顔で薄れていく。

「……そうじゃん。俺ちゃんは地獄に落ちないと」

タクヤは天から伸ばされる手を振り払い、地面の亀裂に手を突っ込むとそこをこじ開けた。

「地獄の蓋の下は、魑魅魍魎の坩堝じゃん」

亀裂から生えた無数の手に絡みつかれながら、タクヤがこっちを見た。

「――あばよ、じゃん」

タクヤはニヤリと嗤うと、オレが手を出すよりも早く、自分から地獄へと飛び込んでしまった。

「魂に殉じるか……」

タクヤの魂が地の底へ吸い込まれると、ミイラのようだった彼の死骸も黒い靄になって消える。

──危機感知。

迷宮主の間を出ると、強烈な地震に見舞われた。

オレはマップを確認する。マグマが迷宮内に流れ込み、あちこちが崩落を開始している。

どうやら、クボォーク王国の生贄迷宮と同様に、迷宮主や迷宮核を失った夢幻迷宮は滅びを迎えてしまうようだ。

「ごしゅ～」

「お迎え、なのです！」

足下の影からタマとポチが現れた。

「アリサに言われた～？」

「皆、待っているのですよ」

「ああ、分かった。行こう」

オレはタマとポチに手を引かれ、タマの忍術「影渡り」で仲間達の下へと戻る。

◆

「ご主人様、こっちです！」

迷宮島の船着き場で、ルルが大きく手を振っている。

もちろん、早着替えで装備はサトゥーのものに戻してある。オレを迎えに来てくれたタマとポチも白銀鎧に換装済みだ。

「早く早く！　すぐそこまでマグマが来てるわよ！」

「マスター、ハリーアップと告げます！」

「そうなの！　サトゥーは急がなくちゃダメなの！　危険がとっても危なくて、大変なの、本当よ？　だから、もっと急いで！」

仲間達が必死でオレを呼ぶ。

ミーアにいたっては久々の長文だ。

振り返ると、噴火した火口から結構な速さでマグマが流れてきていた。これは大変だ。

「べりヤバ～？」

「べりべりQなのです！」

オレの左右で手を振っていたタマとポチも同じものを見て、慌てて船着き場で待つ船に飛び込む。

「リザさん、出して！」

「承知！」

櫂を手に待機していたリザが猛スピードで船を出発させる。

「タマ、ポチ！」

リザが二人を呼ぶ。

「あいあいさ～」

「はいなのです！　ポチタマ・ツインエンジンをチャージなのですよ！」

予備の櫂を手にしたタマとポチが、船に更なる加速をかける。

獣娘トリプルエンジンのパワーは凄まじく、瞬く間に先行する勇者達の船に追いついた。

ちなみに、負傷者や皇子の乗る船はもっと前の方だ。


「遅いわよ！　どこを彷徨ってたのよ！」

勇者達の船に並ぶと、勇者メイコが文句を言ってきた。

「ペンペン、ソラ先輩は無事だぞ！」

一瞬、勇者ユウキの発言がよく分からなかったが、アリサが小声で「ご主人様はソラたんを捜しに行ったたって事にしておいたの」と補足してくれた。

「ご心配をおかけして――」

勇者達に詫びる途中で、腹に響く一際大きな音がした。

「な、何？」

「おう、じーざ～？」

「おい、見ろ！　迷宮島の火山が！」

勇者セイギやタマに続いて、焦った様子で勇者ユウキがオレ達の後方を指さした。

「うわっ、凄いわね」

「火山が吹き飛んじゃいました」

アリサやルルが驚きの声を上げる。

火山の上部が綺麗に吹き飛び、迷宮島の中央部にある火山の基部が沈んでいくのが見えた。

おそらくは――。

「夢幻迷宮が完全に崩落したんだ」

勇者セイギはオレと同じ事を考えたようだ。

「え？　どういう事なの？」

「迷宮主が観念して自爆したんじゃね？」

勇者メイコの疑問に、勇者セイギが雑な推測を述べる。

「情けない奴ね――って、ちょっと待って！」

勇者メイコが何かに気付いたような顔になって焦りだした。

「それじゃ、魔王はどうなったの？　ソラ先輩が倒した一体だけだったたって事？　あんた確かソラ先輩が倒した魔王と私達が倒そうとしていた魔王は別物だったたって言ったわよね？」

「言ったけど、あの様子だと魔王も一緒に自爆したんじゃね？」

勇者メイコに突き上げられて、勇者セイギがタジタジになっている。

「へたれ！　魔王のくせに自爆で死ぬんじゃないわよ！」

勇者メイコが迷宮島に向かって叫ぶ。

「まあまあ、メイコちゃん」

「まだ他にも魔王がいるらしいし、切り替えていこう」

「そうだぜ、メイコ。美味(うま)いもんでも喰って忘れろ」

「そんな簡単に割り切れるわけないでしょ」

悪態を吐く勇者メイコを、フウ達が宥める。

「せっかく魔王を倒すチャンスだったのよ？　あと少しで日本に帰れるところだったのにっ」

膝を突き、小さな肩を震わせる姿には、いつものツンツンした気丈さはない。

「――パパ、ママ、次郎丸」

彼女の微かな呟きを聞き耳スキルが拾ってきた。

親元を離された年相応の女の子の悲しみがそこにあった。今までは勇者として振る舞う事で、不安や思慕の心に蓋をしていたのだろう。

「メイコちゃん、元気出して――」

「先輩はいいわよね！　魔王を倒して日本に帰れるんだから！」

勇者メイコが涙を腕で拭い、勇者ソラに噛みつく。

「……私は戻りません」

勇者ソラは少し逡巡した後、そう返答した。

「リクやカイを置いて一人で帰れないし、あなた達を置き去りにはできない」

凜々しい顔でそう続ける。

「何よ、良い子ぶって！　帰りなさいよ！　帰れるんだから、帰りなさいってば！」

勇者メイコがそう叫んで、慟哭する。

彼女の従者達や他の勇者達は魔王はまだいると言って、彼女を励ました。

残る預言は別大陸の魔王くらい――いや、鼬帝国の皇帝が魔王かもしれないって噂もあったっけ。

「――ソラ先輩！」

「青い光がソラ先輩に！」

「これがパリオン神の御光か！」

勇者や従者達が勇者ソラに降り注ぐ光にどよめいた。

気のせいか、交神の光がハヤトの時と違う。なんというか、青色が濃い気がする。

「……神様……いいえ……私ではなく……そう、ですか……」

青い光の向こうから微かに勇者ソラの声が漏れ聞こえてくる。

「……はい……それが……私の……選択……」

たぶん、聞き耳スキルを持たない他の人達には聞こえないくらいの声量だ。

やがて光が消え、勇者ソラが空を見上げて佇(たたず)んでいた。

その手には鞘に収まったままの聖剣が抱かれていた。彼女の聖剣はタクヤの死と共に失われてしまったはずだから、あれはパリオン神から贈られた新しい聖剣なのだろう。

「メイコちゃん、これからもよろしくね」

「どうして帰らなかったのよ！　私のせい?!　私があんな事を言ったから?!」

「いいえ、さっきも言ったでしょ？　リクやカイを置いて一人で帰れないし、あなた達を置き去りにはできない」

その言葉はさっきと同じだったが、遥かに重く聞こえた。

「なんでよ！　帰りなさいよぉおおおおおおおお」

勇者メイコが勇者ソラに抱きついて号泣する。

勇者ソラは何も言わず、勇者メイコの頭を優しく撫でる。


「サトゥー、大変！」

ミーアが大声を上げて海岸を指さした。

迷宮の崩落から時間を置いて、マグマが津波のような勢いで海へと流れ込もうとしている。

「危険なの！　マグマが海に流れ込んじゃうわ！　凄く熱いのが冷たい水に落ちたら、ボンッて爆発するの、本当よ？　だから、もっと速度を上げないといけないの！」

ミーアが長文で捲し立てるのと同時に、迷宮島の火山から溢れ出たマグマが海面に流れ込む。

彼女が主張したように、轟音を上げて蒸気が巻き上がり――。

「リザ、速度を上げろ！　他の船もだ！」

オレは指示を出しながら、「理力の手（マジック・ハンド）」で自分達や勇者達の船を押す。

「承知！」

「はりあ～」

「ぶーすとあっぷ、なのです！」

獣娘トリプルエンジンが唸りを上げて船を加速させる。

「やっべ！　セイギ、俺達もやるぞ！」

「やばいやばい、急げ！」

「ユウキ君、セイギ君、頑張れ～」

勇者ユウキと勇者セイギが獣娘達に負けじと船を漕(こ)ぎ、勇者フウがのんびりした声で応援する。

ミーアが精霊魔法で水の疑似精霊ウンディーネを召喚しようと詠唱を始めた。

「このままだとマズいわね」

アリサの視線の先で、熱蒸気の津波がぐんぐん加速してこちらに迫ってくる。

「ご主人様、津波の方が速いみたいです」

「危険がエマージェンシーだと告げます」

ルルやナナの緊迫した声に、獣娘トリプルエンジンがさらにブーストした。

『空間魔法を解禁して「長城隔絶壁(エンドレス・デラシネーター)」で津波を押しとどめる？』

アリサが遠話(テレフォン)越しに尋ねてきた。

『あの勢いだと隔絶壁(デラシネーター)の上から回り込んでこないか？』

『それは、ありえるわね。ナナのキャッスルやフォートレスだともっと範囲が狭いし』

——なんだ？

ナナの横顔に記憶が刺激される。

オレの脳裏に、「揺り篭(クレイドル)」事件の最後にナナを担いで塩津波から逃れた時の光景が過(よぎ)った。

そうだ。思い出した。

「アリサ、火魔法だ。収束を甘くした『火炎地獄(インフェルノ)』で、熱蒸気の津波を吹き飛ばすんだ！」

オレがやったのは「小火弾(ファイア・ショット)」の連打だったが、アリサならもっと有効な技が使える。

「分かったわ！　ユウキ！　手伝って！」

「おう！　ソラ先輩、後は頼む」

勇者ユウキがオールを手放し、船の最後尾に向かう。

「俺はいいけど、詠唱している暇があるのか？」

「大丈夫よ！　こんな事もあろうかと、詠唱は終わらせてあるわ！」

まあ、もちろん、アリサの嘘だ。

「さすがだぜ！」

「くぅ～、ボクも『こんな事もあろうかと』って言ってみたい」

勇者セイギが馬鹿(ばか)な事を言っている。

「あはは、機会があったら言えばいいわ。それより、カウントダウン行くわ！」

「おう！」

勇者ユウキの身体を青い光が流れる。

「三、二、一！」

津波をめがけて、二人が杖と聖剣を振り下ろす。

「「火炎地獄(インフェルノ)‼」」

二人の持つ杖と聖剣から、灼熱の「火炎地獄」が放たれた。

アリサとのレベル差を、勇者ユウキのユニークスキルが埋める。

「『いっけぇぇぇぇぇぇぇぇぇぇぇぇぇぇ！』」

二条（ふたすじ）の火炎の奔流が混ざり合い、威力を増して熱蒸気の津波に激突した。

それは僅（わず）かに鬩（せめ）ぎ合い、すぐさま反応して上空に爆煙を噴き上げた。津波は粉砕され、海水と共に周囲にスコールのような雨が降り注ぐ。

「ウンディーネ、やって」

――ちゃぷん。

ミーアの命令に従って、水の疑似精霊ウンディーネが火傷（やけど）しそうな雨から船上の人々を守った。


一件、落着、かな？

◆

デジマ島の港に着くなり、総督府の兵士に囲まれたが、その対応は翼人従者（ミエーカ）と太鼓腹従者（ワアトソー）の二人が買って出てくれたのでオレ達は宿舎に直行できた。

皆、疲労困憊（こんぱい）な様子だったので、そのままベッドに直行かと思ったのだが――。

「メイコたんを励ます会をしましょう！」

アリサがそんな提案をし、勇者メイコを除く勇者達が賛成して宴（うたげ）の開催が決まった。

そこは「勇者ソラの魔王討伐祝いの宴」じゃないかと勇者ソラの従者が言っていたけど、勇者全員にスルーされてすごすごと自室に引き上げていた。

「イチゴのショートケーキができましたよ」

「林檎のタルトだと告げます」

「ぷりん・あらもーど」

「こんなもので騙されないんだから」

ルル、ナナ、ミーアがスイーツを運び込む。

「まあまあ、メイコちゃん。せっかくのご厚意なんだし、食べようよ」

「食べるわよ！　こうなったらやけ食いよ！」

勇者メイコはそんな風にやさぐれていたが、勇者フウが勧めると泣きながらケーキを貪り食い、最後は泣き疲れて眠ってしまった。

少しでも気が晴れたらいいんだけど、そんなに簡単じゃないよね。

勇者ユウキと勇者セイギは獣娘達と一緒に、ポテトの山と各種ハンバーガーを相手にフードバトルを挑んで、一緒に轟沈していた。明日になったら、胃薬でも出してやろう。

ちなみに勇者ソラは疲れ果てたらしく夕食も摂らずに眠ってしまったようだ。


翌朝、勇者達に朝ご飯を提供していると——。

「おはよー、メイコちゃん」

「メイコ、飯食えよ。ペンペンの朝飯メチャ旨だぞ」

「そうそう、魔王はまだいるみたいだし、諦めるのは早いぜ」

翌日、目に隈ができているものの、勇者メイコがちゃんと起きてきた。

まだ寝ているのは勇者ソラだけだ。

「おはよう、今日の朝ご飯は塩鮭定食だけど食べられそう？　無理なら、別のを作るけど？」

「食べる」

言葉少なだが、食欲はあるようだ。

今日の塩鮭は桜鮭問屋の老舗で買った最高級品なので、ぜひとも焼きたてを食べてほしい。

「いつまでもくよくよしていても仕方ないわ。次の魔王は絶対に私が倒してやるんだから」

勇者メイコが、獰猛な顔で鮭を齧りながら宣言する。

さすがはパリオン神が勇者に選ぶだけあるね。

「お代わり！」

もう少し味わって食べてほしいところだが、食欲があるのは良い事だ。

オレは受け取った茶碗にご飯をよそい、空になった鮭の皿や味噌汁の椀を交換してやる。

「タマもお代わり～？」

「ポチもお代わりさんが欲しーのです！」

「マスター、私もお代わりが欲しいと主張します」

勇者メイコの勢いのある食べ方に、仲間達も食欲を刺激されたようだ。

その対応はルルとリザに取られてしまったけど、まだまだ追加が必要そうなので、だし巻き卵や塩鮭を焼きに厨房へ向かおうと腰を上げる。

「にゅ？」

タマの耳がピクピクと揺れ、オレの聞き耳スキルも遠くの喧噪を拾ってくる。

「誰か、その子を止めて！」

「すばしっこいぞ！」

誰かが宿舎に侵入したらしい。

喧噪がだんだん近付いてくる。

「むぅ？」

「騒々しいですね」

ミーアやリザも騒ぎに気付いたようだ。

「ちょっと見てくるよ」

入り口近くにいた勇者セイギが腰を上げ、扉を開けると——。

「——うわっ」

大きな荷物を背負った青髪の幼女が、勇者セイギを押し退けて部屋に飛び込んできた。

「え？　子供？」

周囲を見回す幼女と目が合った。

「ましゅたー」

幼女がそう叫んでオレに抱きついてきた。

「え？　誰？」

本当に誰だ。

「ぎるてぃ」

「ちょっと！　また幼女を惚れさせたの?!」

ミーアとアリサの鉄壁ペアが立ち上がる。

それはいいのだが――。

「ご、ご主人様」

「うわっ、さいてー」

ルルが真面目なトーンでショックを受け、勇者メイコが軽蔑の目を向けてきた。

「誤解だ」

本当に誤解なので、その目は止めてほしい。

「君は誰？　どこから来たの？」

とりあえず、幼女に事情を聞こう。

「ましゅたー、やっと見つけた」

幼女が涙目でオレを見上げ、ふにゃっと笑う。

彼女の背中のズタ袋から、巨大な青い結晶が顔を見せていた。

結晶体の横にポップアップがAR表示される。

――「迷宮核」の欠片。

そう、それは夢幻迷宮で砕けた「迷宮核」だったのだ。

◆

時は少し遡る。

勇者達が賑やかな朝食を摂る少し前――。


迷宮島に面したデジマ島の海岸に、一体の溺死体が打ちあげられた。

「……げほっ、げほげほげほっ」

溺死体――否、溺死体と思われた人物が蘇生する。

「ふう、今度は本当に死んだと思ったよ」

脱ぎ捨てたボロ切れの下から出てきたのは、若い女――賢者の弟子サイエ・マードだった。

「賢者様がくれた『ザンキー・スリー』の秘宝がなかったら、と思うとゾッとするね」

サイエは「これも壊れたか」と言って、秘められた力を使い切った秘宝を地面に投げ捨てる。

「砂浜に流れ着いたのか？」

サイエが周囲を見回す。

ここは岩場の間にある小さな浜辺のようだ。

「ええっと、迷宮核の欠片はどこかな？　抱えて転移したはずなんだけど……」

周囲を見回すサイエが、少し離れた海岸に青い結晶体を発見した。

「ああ、あったあった。僕の大切な研究材料ちゃん——誰だい？」

岩場の向こうから現れたのは、小柄な人物だった。

その顔は逆光で見えない。

「質問するのはボクの方。夢幻迷宮にいた魔王は全員死んだ？」

「それに僕が答えると思う？」

「いや、もう分かった。魔王は勇者ナナシが倒しちゃったのか。まったく、メイコちゃんの邪魔をしないであげてほしいよね」

「僕の心を読んだのか？」

「頭の中で明確に言葉にした事だけ」

驚くサイエの事など、どうでも良いとばかりに見下ろす。

「どこかで見たと思ったら、君は勇者の一人だね。一人で来るとは愚かな事だ。これでも新米勇者から逃げおおせられるくらいの——」

サイエの身体を巨大な影が覆った。

「ラミ子さん、やっちゃって」

振り返るサイエの上半身が一瞬で消え失せた。

「食べ終わったら影に戻ってね」

――LWAAAAAAAAAAAAMY。

異形が謳うように咆哮する。

「あれ？」

海岸にあった結晶体が消えている。

「ふーん？　まあ、いいか。面白くなりそうだし、放置しようっと」

――LWAAAAAAAAAAAMY。

二口でサイエを喰らった異形が、小さな影の中に消える。

「さてと、ボクも帰ろーっと」

その人物が岩場の向こうに消えると、息を潜めていた海岸の生き物達が動きを再開する。

サイエがいた痕跡は、どこにも残っていなかった。

EX：娘さん達の宴

「王都が見えてきましたわ！」

飛空艇の展望デッキに張り付いて外を見ていた金髪美女——ムーノ伯爵家次女カリナが振り返って仲間達を呼ぶ。

慣性に従ってダイナミックに揺れた胸の双丘が、展望デッキにいた男性達の視線を釘付け(くぎづ)にし、そこかしこで小さな不和を呼んでいた。罪深い双丘である。

「トリアは、トリアも興味があります！」

「ユィットも見るのだと主張します！」

「「独り占めはズルいと告げます」」

同じ顔をした幾人もの金髪美女達がカリナの声に誘われて展望デッキに張り付く。

彼女達は姉妹だ。見た目より幼い言動もむべなるかな。人族にしか見えないが、彼女達は人造人間ホムンクルスであり、下位ナンバーの彼女達は一歳と半分ほどの年齢だからだ。

「あなた達、騒ぐと周りの乗客に迷惑ですよ」

「イエス・アディーン、トリアは三女の自覚を持つべき」

姉妹の長女アディーンと次女イスナーニが、妹達を叱りつけた。

「セーラ、私達も見に行きませんか？」

気安い感じで声を掛けたのは、お日様色の髪をしたセーリュー伯爵領軍の魔法兵ゼナだ。

「ええ、ゼナ」

それに和やかに答えたのは、金色とも銀色ともとれる不思議な光沢をした髪を持つテニオン神殿の巫女セーラだ。

「小型飛空艇の小さな窓から見る光景と違って、展望デッキから見るのはとても雄大ですね」

「うふふ、そうね。とても素敵な光景だわ」

興奮するゼナに、セーラが淑やかに答える。

セーラにとって、大型飛空艇の展望デッキから見る王都の光景は珍しいモノではなかったが、仲の良い友人達と一緒に楽しむのは別格に思えたようだ。

◆

「みんな！　ようこそ王都へ！」

飛空艇のタラップを降りると、ロングストレートの黒髪の女性が皆を出迎えてくれた。

飾り気のない普通の女性に見える彼女だが、正体はシガ王国を建国した王祖ヤマトその人である。

「「ヒカル、私達は戻ってきたと告げます！」」

「ヒカル様、お出迎えありがとうございます」

「「ヒカルさん、お出迎えありがとうございます」」

姉妹の妹達を筆頭に、セーラ達が賑やかに挨拶をする。

「ヒカル、マスターの最新情報の更新がしたいと訴えます」

「イチ――サトゥーなら、スィルガ王国かマキワ王国あたりだと思うわ」

「「「情報感謝と告げます」」」

ユィットの問いにヒカルが答えると、姉妹達が声を揃えて礼を言う。

この時、サトゥーはリザと一緒にスィルガ王国の竜舞台で大騒動を起こしていたのだが、神ならぬ身のヒカルには知る由もない事だった。

「公爵家の馬車を用意してあるから、それでお屋敷まで行きましょう」

姉妹達が一台を使い、残りのメンバーでもう一台に乗る。

「セーラ、カリナ様、あれを見てください！」

繁華街を通る途中で、ゼナが窓外に何かを見つけた。

「ああ、サトゥー達の劇ね」

「サトゥー達の？」

「勇者ハヤト様の魔王退治に同行した時の活躍を劇にしたみたいですね」

劇場の看板を見て、ヒカル、カリナ、セーラが順に言葉を紡ぐ。

「さすがはサトゥー達ですわ！　わたくしも修行して、早く肩を並べて戦えるようになりた――あ痛っ」

カリナが勢いよく立ち上がって天井に頭をぶつけた。

『カリナ殿、淑女として、もう少し落ち着きのある行動を推奨する』

「ごめんなさい、ラカさん。気を付けますわ」

カリナの胸元で、「知性ある魔法道具(インテリジェンス・アイテム)」のラカが、主人であるカリナに苦言を呈する。

「うふふ、カリナ様、私やゼナも志は同じです」

「はい！　私も雷獣や雷鳴環を使いこなして、サトゥーさんの横に並べるようになりたいです」

セーラとゼナがカリナと手を取り合う。

仲良き事は美しきかな、ヒカルは三人の少女達に笑顔を向ける。

「雷鳴環って、確かフルー帝国の秘宝(アーティファクト)の一つよね？　雷神石が割れて使えなくなったはずだけど、また使えるようになったのね」

「雷神石、ですか？」

ゼナが袖をまくって、雷鳴環を見せる。

「それは雷晶珠だね。雷神石っていうのは、ザイクーオン神由来の神力が結晶した黄色い輝石の事だよ」

「ザイクーオン神は雷を司(つかさど)るんですか？」

ヒカルの発言に、ゼナが首を傾(かし)げる。

「そうなんじゃない？　昔、偉そう――お偉い大司教がそんな感じの事を言ってたし。そのへんはセーラちゃんの方が詳しいでしょ」

「私はあまりザイクーオン神殿の方と交流がありませんでしたから、よくある神話程度しか存じませんが、ザイクーオン神が単独で天罰を与える時に『稲妻の雨が降る』描写が何度かありました」

話を振られたセーラが、自分の知る故事を語る。

「ヒカルさん、雷神石というのはどうやったら手に入るんですか？」

「無理だと思うよ。神様の力の結晶だし、そうそう手に入るモノじゃないわ。それこそザイクーオン中央神殿の神器から剥がすか、ザイクーオン神から直接貰うかくらいしかないと思う」

イチロー兄ぃも欲しがってたくらいだしね、とヒカルは心の中で続けた。

「そうなんですね……」

「ゼナ、今はまず現状の雷鳴環を使いこなす事が先です。それ以上の力を求めるのは、限界に達してからでも遅くはありません」

「セーラ様の言う通りですわ！　わたくしと一緒に装備を使いこなせるよう修行ですわ！」

「はい、カリナ様！　どちらが先に使いこなせるようになるか、競争しましょう！」

「受けて立ちますわ！」

そんなカリナとゼナの姿に、セーラが目を細める。

「ちょっと、羨ましいです」

「あら？　セーラちゃんには『空踏み』——聖骸巨神(せいがい)がいるじゃない」

「あの方達は『装備』というよりは、保護者や護衛のような存在なので」

「なら、私の聖骸動甲冑をあげようか？」

「そんな！　王祖様の聖骸動甲冑なんて、私には畏れ多いです！」

セーラが予想外の申し出に慌てる。

そんなセーラの口を、ヒカルが人差し指で閉ざし、「それは秘密だよ」と王祖呼びを窘(たしな)める。

王祖という単語を聞き逃したゼナとカリナが、不思議そうな顔でヒカル達を見た。

「なんでもないない。そろそろお屋敷に着くみたいだよ」

ヒカルが話を逸(そ)らす間にも、馬車がミックニ公爵邸へと乗り入れた。

「今日は屋敷でゆっくりして、明日は女子会をするから楽しみにしていてね！」

「メイドが着飾ってくれたと自慢します」

ドレスアップした姉妹の末妹ユィットが、隣室の姉の部屋に飛び込んできた。

ここはミツクニ公爵邸にある来客用の別館だ。

「シスはとても綺麗だと称賛します。ユィットも褒めてほしいと主張します」

「イエス・ユィット。『マゴーにも衣装』だと称賛します」

「シス、感謝と告げます」

馬子にも衣装は称賛の言葉としては少しズレていたが、ユィットは無表情で喜ぶ。

ともすれば不機嫌にも見える顔だが、同じ姉妹の六女シスから見れば、「満面の笑み」と言っても良いほどの上機嫌だと分かった。

「他の皆にも褒めてもらってくると告げます！」

ユィットが隣の部屋に飛び込む。

目に飛び込んできたのは、あまりの胸の大きさに二人がかりでコルセットを締めるメイド達の姿だ。

「カリナは太ったのですかと問います！」

「ち、違いますわ！　ちょっと、――のサイズが大きくなっただけですわ！」

「そうっすよ。おっぱいのサイズが二つほど上がっただけで、ウエストは変化なしっす」

「エリーナさん、もう少し力を入れてください」

「分かったっす、新人ちゃん！」

カリナの護衛メイドであるエリーナと新人(リエーナ)ちゃんの二人が、身体強化スキルを使って限界までコルセットを締める。

サトゥー謹製のオリハルコン繊維入りのコルセット紐(ひも)は、切れる事なく莫大な張力に耐えきった。

それは大怪魚(トヴケゼェーラ)の銀皮を使ったコルセットも同様だ。並の防具よりも頑強なコルセットは偉大な母性を守る為に必須(ひっす)らしい。

「ユィット、皆は離れのホールに集まっているようだと報告します」

「フュンフ、ありがとうと告げます」

カリナのコルセット装着を応援していたユィットは、ドレス姿で呼びにきた姉妹の五女フュンフと共にホールに向かう。

そこには白地に金糸で精緻な刺繍が施されたドレスを纏う巫女セーラと、青地に雷紋を模した銀糸の刺繍が施されたドレスを着た魔法兵ゼナが待っていた。もちろん、雷紋と言っても、中華料理屋のラーメン碗に刻まれた四角いアレではなく、落雷を受けた時に身体に残る痣のようなヤツだ。

「二人ともとっても綺麗だと称賛します」

「ありがとう、ユィットさん。あなたのドレスも素敵ですよ」

セーラは如才なく褒め返したが、ゼナは自分に自信がないのか、反射的に「そんな事ありません」と答えそうになっていた。

「セーラちゃんは聖女様みたいだね。ゼナちゃんのドレスは雷をイメージしたの？　とっても似合っているよ」

別館に様子を見に来たヒカルが二人を褒める。

「セーラと違って、私はドレスに着られているだけです」

「ゼナちゃん、謙遜は不要だよ。自信を持って胸を張らないと、ドレスを作ってくれた職人さんに失礼だよ」

ヒカルに叱られたゼナが、ハッとした顔になった。

「そう、ですね。私とした事が自分の事しか考えていませんでした」

「あはは、そんなに重く受け止めなくていいよ」

ゼナが生真面目な顔で背筋を伸ばした。

「「ヒカル、私も褒めてほしいと告げます」」

「うん、皆、個性的でとっても可愛いよ」

三女以下の姉妹達に「さあ、褒めろ」と迫られたヒカルが、笑顔で称賛の言葉を告げる。

姉妹の長女アディーンと次女イスナーニが、少し離れた場所からその様子を見守っていた。

「お待たせして、申し訳ありません」

ようやく特製コルセットが勝利を収めたらしく、朱絹のドレスを身に纏ったカリナが合流した。

エリーナと新人ちゃんは接客の手伝いをするので、ここにはいない。

「謝らなくていいよ。皆、待っているだろうし、さっそく行こうか」

「「「イエス・ヒカル」」」

ヒカルの先導で園遊会の場へと向かう。

◆

「い、いっぱい人がいますわ」

「心配ないよ、カリナちゃん。今日は身内ばかりだから」

ヒカルは緊張して足が止まるカリナの背を押し、園遊会の開かれている庭園へと足を踏み入れた。

「乾杯とかはないから、まずは飲み物でも貰っておいでよ」

ヒカルがそう言うのを待っていたようにメイド達が寄ってきて、皆に飲み物を渡す。

「思ったよりもたくさん来られているんですね」

「そ、そうですわね」

「何人か知り合いの顔も見えますし、良かったら紹介いたしましょう」

気後れするゼナとカリナに、セーラが提案する。

「わ、わたくしは、その、え、遠慮いたしますわ」

「そうですか？　ゼナはどうしますか？」

「私は一緒に行きたいです。王都にはあまり知り合いもいませんから」

セーラとゼナが連れだって、他の人達が談笑する場所へと向かう。

「あっちに軽食もあるから、お腹(なか)が減ったら行ってみて」

「「イエス・ヒカル。軽食戦線は私達に任せてほしいと告げます」」

ヒカルが庭園の一角を指し示し、メイドに呼ばれてどこかに行ってしまった。

姉妹の妹達は全速力で軽食コーナーに向かおうとしたが、長女と次女が素早く回り込んでそれを制止する。

「あなた達、マスターの評判が落ちるような行動は禁止ですよ」

「ん、破ったら、後でお仕置き」

「「だ、大丈夫だと告げます。『お淑(しと)やかI』はインストール済みだと報告します」」

長女と次女が釘を刺すと、妹達が焦った顔で主張した。

妹達は「お淑やか、お淑やか」と小声で繰り返しながら、しずしずと軽食コーナーに向かう。

「まったく、困った子達です」

「あれでいい」

長女と次女はメイドから受け取った飲み物で軽く乾杯し、口を湿らせた。

二人が妹達の後を追うと、一人残されたカリナが途方に暮れる。

とりあえず、軽食コーナーに足を向けたカリナを、軽快な声が呼び止めた。

「お姉様！」

特徴的なピンク色の髪を翻して、カリナに歩み寄るのはルモォーク王国の王女メネアだ。

彼女はサトゥーの第二夫人の座を狙っており、第一夫人の最有力候補であるカリナを「お姉様」と呼んで慕っている。

「お久しぶりです」

「ごきげんよう、メネア様」

「様付けなんて他人行儀です。私の事はメネアと呼び捨てにしてください」

メネア王女がカリナに抱きついて甘える。

スキンシップの苦手なカリナが困り顔だ。

「メネア姉様、お相手の方が困っておいでですよ」

メネア王女にそう声を掛けたのは、彼女とよく似た顔付きの金髪幼女だ。

「もう、リミアったら。お姉様、この子が私の妹のリミアです。リミア、カリナお姉様にご挨拶なさい」

「ルモォーク王国の第六王女、リミア・ルモォークです。髪色については触れないでいただけると幸いです」

「まあ、小さいのに立派ね。わたくしはムーノ伯爵家次女のカリナ・ムーノですわ」

さすがのカリナも、幼い子供相手に緊張する事はないようだ。

「なあ、リミア。俺、あっちの食いもんのトコ行っていいか？」

「コン！　あなたは私の護衛なんだから、一緒にいないとダメでしょ！」

執事服を着崩した少年が、下町言葉で話しかけて叱られている。

「護衛、ですの？」

「おう！　俺は魔狩人（まかりゅうど）のコン！　シガ八剣をしてたトレルのおっちゃんに剣を学んだんだぜ！」

「シガ八剣の方がお師匠様ですの？　凄いですわね」

「えへへ、まーな。今は持ってきてないけど、青い人から貰った魔剣だって持ってるんだぞ」

コン少年が気安い感じで自慢する。

「まあ、魔剣まで？」

「そうさ！　迷宮都市に行って強い魔物を倒して、すっげー奴になるんだ！」

「コン！　失礼な事ばかり言っていたら、せっかく治していただいた腕を切り落とされてしまいますわよ」

コン少年の発言を聞き流していたリミアだったが、コン少年の口から「迷宮都市に行く」という言葉が出た途端、柳眉を逆立てて会話に割って入った。

「もう、おっかねーな」

「メネア姉様、ちょっとコンを向こうに連れていきますね」

リミアがコン少年を連れて軽食コーナーに向かう。

「お姉様、妹達が騒がしくして申し訳ございません」

「謝る必要はありませんわ。とても楽しかったですもの」

そんな二人をカリナとメネア王女が見送る。

「お姉様はもうしばらく王都に滞在されますわよね？」

「ええ、何日かはヒカルさんのお屋敷に滞在すると思いますわ」

カリナがメネア王女の質問に首肯する。

「でしたら、私と一緒にエマ様のお茶会に行きませんか？」

「――エマ？」

「エマ・リットン伯爵夫人です。私、サトゥー様のお役に立てるように、エマ様に弟子入りいたしましたの」

メネア王女の言うエマ・リットン伯爵夫人は、王国の重鎮であるリットン伯爵の第一夫人であり、王都の社交界で絶大な影響力を持つ女性だ。

「――そう、なんですの？」

「はい、私にはカリナお姉様やペンドラゴン家の皆さんのように戦う力はありませんし、実家も大領であるムーノ伯爵領とは比べものにならないような小国です」

俯き加減で静かにそう告げた後、メネア王女が顔を上げる。

「ですが、私にはこの髪があります。王祖様が先祖の髪色を褒めてくださったお陰で、どこのお茶会や夜会に行っても、皆様が親しげに話しかけてきてくださいます。ですから、その長所を生かせる社交を極めようと思ったのですわ」

凛とした顔で言い切るメネア王女に、カリナは眩しいモノを見たかのように目を細めた。

「……メネアは凄いですわね」

「私なんてまだまだですわ。それよりも、お友達を増やしましょう。お姉様が苦手意識を持たないような子達もいますから、紹介いたしますわ」

メネア王女が逡巡するカリナの手を引いて歩き出した。

その姿はまるで、カリナの姉のようだ。


「――もし、そこのあなた」

カリナと別れ、セーラの紹介で貴族令嬢達との交流を広げていたゼナ達を、侍女の格好をした人物が呼び止めた。

「セーラ様、突然の声かけを失礼いたします。殿下がお呼びでございます」

侍女が目配せする方向には、豪奢なドレスを身に纏った女性と幼女がいた。幼女の背後に控える老女の持つ篭には、幼女のペットらしき翡翠色をした美しい鳥がいる。

「ゼナ、行きましょう」

セーラはゼナを促し、殿下と呼ばれる女性の方に向かう。

「システィーナ殿下、ドリス殿下、ご無沙汰しております」

「お久しぶりね、セーラ。前の時は不肖の異母兄が騒ぎを起こしたせいで会う機会も作れなかったものね」

セーラは聖骸巨神と出会うきっかけとなった、彼女の異母兄、シャロリック第三王子の反逆を思い出して眉をひそめた。

「セーラ」

システィーナ王女が自分の眉間に指を当てて注意する。

「失礼いたしました」

セーラはすぐに表情を取り繕う。

社交界において、感情が顔に出るのは弱みを相手に見せる事に他ならないからだ。

「あら？　一緒にいるのはマリエンテール士爵家のゼナね」

「私のような者をお見知りおきいただき光栄に存じます」

システィーナ王女に話しかけられたゼナが淑女の礼をする。

「そんなに畏まらなくていいわ。サトゥー様の友人ならば、私の友人も同然だと言ったはずですよ」

「は、はい！　身に余る光栄です」

気さくに話しかけられても、雲の上の存在を前にしてゼナの緊張が解けるはずもない。

そんなゼナを見て、セーラが別の話題で助け船を出した。

「システィーナ殿下は相変わらず禁書庫に通い詰めていらっしゃるんですか？」

「いいえ、最近はエチゴヤ商会で研究していますの」

「王立学院や王立研究所ではなく？」

「ええ、エチゴヤ商会の研究所には大陸中の叡智が集まっていますから」

「どんな研究をなさっているのですか？」

「うふふ、それは企業秘密ですわ」

システィーナ王女が扇で口元を隠して微笑む。

「そういえば、セーラとゼナはどんな用事で王都に？」

「私達は迷宮都市へ鍛錬を積みに参ります」

「鍛錬？　魔法兵のゼナは分かりますけれど、巫女であるあなたが？　貴重な『神託の巫女』を迷宮にやるだなんて、もしかして公都から神殿騎士の精鋭でも連れてきていますの？」

「いいえ、神殿騎士達は一緒ではありませんけれど、ゼナやカリナ様、それにサトゥーさんやカリナ様の家臣が一〇人ほど一緒ですから不安はありません」

「カリナ様というとムーノ伯爵家の？」

システィーナ王女の問いに、セーラが首肯する。

「サトゥー様と一緒に、ヨウォーク王国の魔王退治に同行した彼女が一緒なら、『神託の巫女』を預ける事もできますものね」

この話をカリナが聞いていたら全力で恐縮するだろうが、幸いな事に彼女はここにいなかった。

「そうですわ。迷宮に行くのであればお願いしたい事がありますの」

「お願いしたい事、ですか？」

一緒に行きたいとでも言うのかと身構えたセーラだったが、システィーナ王女が申し出たのは「研究中の試作品を試してほしい」という意外な話だった。

「試作品の詳細は明日、エチゴヤ商会の研究所でお話しいたしましょう」

セーラと話すシスティーナ王女が、こちらに歩いてくる女性達を見つけて手招きした。

「セーラ、ゼナ、紹介いたしますわ。先ほど話していたエチゴヤ商会のエルテリーナ支配人と秘書のティファリーザです」

凛々(りり)しい金髪美女が支配人、怜悧(れいり)な銀髪美女がティファリーザだ。

「支配人、こちらの二人が――」

「存じています。聖女様の秘蔵っ子でありオーユゴック公爵家のセーラ様とペンドラゴン子爵のご友人のゼナ様ですね」

支配人がセーラ達に会釈する。

「ゼナ様、ペンドラゴン子爵も王都に来られているのですか？」

「いえ、今回は子爵様の護衛ではなく別件で来ているんです」

「そうでしたか……」

ゼナの回答に、支配人が少し残念そうな顔になった。

「支配人、何かサトゥー様にご用事でもあったの？」

「いえ、大した用事ではありません。子爵様が興味を持ちそうな巻物や魔法書を入手したので、王都にいらしているならお届けしようと思っただけですわ」

サトゥーが聞いていたら即座に王都に戻ってきそうな話だったが、残念ながら全能ならぬ人の身では知る由もない。

会話はそこから公都の産業やテニオン神殿の話にシフトし、会話についていけないゼナが手持ち無沙汰に周囲を見回す。

杖を担いでつまらなそうにしているピンクブロンドの少女を見つけ、ゼナが声を掛けた。

「魔法使いの方ですか？」

「ええ、そうですが……」

「やっぱり！　私も魔法を使うんです」

少女の答えに、ゼナが嬉しそうに共感する。

「私をそんじょそこらの魔法使いと一緒にされては困りますわ！」

少女は座っていた椅子を蹴倒す勢いで立ち上がり、胸に手を当てて顔を上に反らす。

「桜守にしてシガ三十三杖のアテナ・ラッホルとは私の事ですわ！」

「シガ三十三杖って、国王陛下に仕える宮廷魔導師の？」

アテナは本気で驚くゼナの姿に鼻高々になる。

「あー、いたいたアテナちゃん！」

気安くアテナを呼んだのは、ピンク色の髪をしたルモォーク王国のメネア王女だった。

「メネア！　小国の王女だからって、私の事をちゃん付けで呼ばないで！」

「うふふ、だって、ラユナ様からアテナちゃんの事を頼まれているんですもの」

「お母様が？」

メネア王女の答えに、アテナが嫌そうに顔を歪めた。

どうやら、アテナは母親の事が苦手なようだ。

「お姉様、こちらが『桜守』のアテナ。こんなに可愛い外見ですけど、シガ三十三杖の一人なんですよ」

「メネアの姉？　ルモォーク王国の王族にも桃色以外の髪の人がいるのね」

「カリナお姉様はムーノ伯爵家のご令嬢ですわよ」

メネア王女はそう訂正しつつも、「それに妹のリミアも金髪ですから、王族が必ずしも桃色というわけではありません」と続けた。その勢いに、彼女の地雷を踏んだ事を悟ったアテナが話を逸らす。

「それで、カリナ殿の紹介に来たの？」

「ええ、それもありますけど、自慢話ばかりで友達ができそうにないアテナちゃんを見つけたので、一緒に回ろうかと思って」

「余計なお世話――」

「さあ、参りましょう！」

メネア王女がアテナと腕を組み、カリナを連れて軽食コーナーへと向かう。

小腹が空いてきたゼナも、セーラに断ってからカリナ達に同行した。

◆

「こちらはシェリン・ロイタール、武人の家系のお嬢さんで、今は王立学院の騎士学舎に通っているの」

メネア王女が紹介したのは、元シガ八剣のゴウエン氏の娘だ。

「シェリン、学校はどう？」

「メネア殿下、ご無沙汰しております。学舎は皆、優秀で付いていくのがやっとです」

シェリンが生真面目に答える。

「メネア様、私達もご紹介くださいな」

そう声を掛けたのは、さっきまでシェリンと談笑していた姉妹の姉の方だ。

妹の方はユィット達姉妹によって「幼生体」と呼ばれて人形のように抱っこされている。

「お姉様、こちらはケルテン軍務大臣のお孫さんで、姉のデュモリナ嬢と妹のチナちゃんです。チナちゃんはポチやタマと親友なのよね？」

「はい！　マ、マブ、マブダチです！」

チナはポチやタマが言っていた「マブダチ」という言葉を、宝物のように口にした。

「二人はシェリンと仲が良かったっけ？　学院で話しているのは見た事なかったけど」

「学院は色々と家の思惑や立場もありますから」

メネア王女の問いにデュモリナが答える。

「ここだといいんですか？」

「ここはヒカル様の箱庭ですから。ここでの事を外でとやかく言うような方は、ここに来る資格がありませんもの」

「でしたら、私もお話に交ぜていただいていいかしら？」

不思議そうに尋ねるゼナに、デュモリナが答える。

「ソミエーナ様」

声を掛けたのはビスタール公爵の末娘ソミエーナだった。

メネア王女達は知らなかったが、彼女はゴウエンの家族との交流を制限されている。

「ここならシェリンにトーリエル兄様と父の仲違いに巻き込んでしまった事を詫びられますわ」

「いいえ、ソミエーナ様。謝罪は不要です。お父様は自分の忠義に殉じただけ。それにお父様が言っていました。最後の最後でソミエーナ様のお陰で踏みとどまれたと」

幼い二人が互いを思ってハグを交わす。

「うんうん、仲良き事は美しきかな、だね」

離れた場所で見ていたヒカルが、後方彼氏面で何度も頷いている。

「カリナ様、ポチとタマは来ていないんですか？」

「ええ、二人はサトゥー達と一緒に東方諸国を旅しているようですわ」

チナの質問に、カリナが答える。

「さすがはポチとタマです。私も修行を頑張らないと」

抱擁を終えたシェリンが、カリナ達の話を聞いて拳を握りしめる。

「その意気ですわ！　わたくしも二人に負けないようにセリビーラの迷宮まで修行に参りますの」

「まあ！　本当ですの?!」

カリナの自慢を聞いたソミエーナが驚きに目を見開いた。

「ええ、もちろん。もっともっと強くなって、サトゥー達の横に並んでみせるのですわ！」

「お姉様は伯爵令嬢なんですから、痕が残るような怪我だけはなさらないでくださいね」

子供相手に胸を張るカリナに、メネア王女が釘を刺す。

「伯爵令嬢！　もしかして、カリナ様はムーノ伯爵令嬢の『あの』カリナ様ですか？」

領主の娘である伯爵令嬢のカリナが迷宮へ行くという話に皆が目を輝かせる。

「ええ、そうです、わよ？」

あまりの勢いに、カリナが戸惑う。

「お祖父様から聞いた事があります！」

「ヨウォーク王国の魔王討伐に参加されたというのは本当ですか？」

「え、それ知らない。凄いです、カリナ様！」

チナ、デュモリナ、シェリンが口々にカリナに話しかける。

「それは凄いですわね」

そこに軽食コーナーで料理を堪能していた巨乳美女が割って入った。

「あなたは――クリュー王女」

巨乳美女は淡雪姫とも呼ばれる「雪の国」キウォーク王国の第二王女クリューだ。

今日は園遊会なので、トレードマークのハンマーや甲冑は持ち込んでいない。

「クリュー王女？」

淡雪姫はメネア王女には答えず、カリナと見つめ合う。

カリナと淡雪姫が並ぶと、胸部装甲の分厚さが否が応でも強調される。

成長前の少女達が、その光景に胸元をぺたぺたと触って、自分との違いに羨望を覚えていた。

「迷宮に赴かれるのであれば、ぜひ私もご一緒に」

「よろしくてよ」

武人令嬢同士、何か通じるものがあったのだろう。

カリナは阿吽の呼吸で承諾したものの、すぐにゼナやセーラや姉妹達に話さず、勢いで勝手に決めた事を後悔した。

焦るカリナの肩を、姉妹の長女アディーンがポンと叩く。

「オーケー・カリナ。問題ありません」

「はい、カリナ様が認めた相手なら構いません」

アディーンとゼナがカリナにそう告げる。

セーラも離れた場所から、ジェスチャーでＯＫと伝えてきた。

「カリナ殿、良かったら手合わせしませんこと?」

「ええ、望むところですわ!」

淡雪姫とカリナが拳を合わす。

「カリナちゃん、淡雪ちゃん、組み手をするなら、あっちでね」

話を聞いていたヒカルが、少し離れた場所を指し示す。

カリナは素手のまま構え、淡雪姫が公爵邸のメイドからハンマー代わりのモップを受け取って具合を試す。

「行きますわよ」

「ええ、よろしくてよ」

淡雪姫とカリナの組み手は実力伯仲で見応えのあるものだった。

シェリンを始めとする子供達が、二人の戦いを元気良く応援し、淑女達もその様子を微笑ましげに眺める。

「へー、なかなか腕が上がったじゃない」

「前にサトゥーやリザと訓練に来た時よりもマシになってるぜ」

観戦する輪に現れたのは、シガ八剣の「銃聖」ヘルミーナと「草刈り」リュオナの二人だ。

「ヘルミーナ様! リュオナ様!」

「シェリンさん、お久しぶり」

「おう、がきんちょ、元気にしてるか?」

シガ八剣繋がりで知己のあるシェリンが嬉しそうに話しかける。

「王立学院は慣れた？」

「嫌な奴がいたら言えよ。あたしが叩き潰してやるからな」

心配する二人に、シェリンが嬉しそうに笑う。

「――そこまで！」

審判のヒカルの声で、カリナと淡雪姫の勝負は引き分けで終わった。

「もう一勝負ですわ」

「ええ、望むところで――ヘルミーナ様?! それにリュオナ様も！」

淡雪姫の再戦の申し出に快諾しようとした途中で、カリナがシガ八剣の二人に気付いた。

「腕を上げたみたいじゃない」

「いっちょ、もんでやろうか？」

素直に褒めるヘルミーナと下品な手つきのリュオナに、カリナが反応に困って目を白黒させる。

◆

そんな賑やかな場から少し離れた東屋(あずまや)に、二つの人影があった。

「まおーちゃんは交ざらないの？」

そう問うのは、近くの桜から半身を現した桜ドライアドだ。

「ああいうのは苦手」

まおーちゃんと言われた紫髪の美女シズカが首を横に振る。

彼女は転生者であり、かつては西方のパリオン神国で聖女として崇(あが)められた魔王シズカその人だ。

今は王都から離れたサトゥーの秘密基地の傍に庵(いおり)を作り、そこで静かに暮らしている。

そんな彼女を引っ張り出したのは、公爵邸の主(あるじ)であるヒカルだ。

「でも、こんな平和なのもたまにはいいわよね」

シズカが満ち足りた笑顔で、賑やかな娘達を眺める。

こんな日が続く事を祈りながら――。

あとがき

こんにちは、愛七ひろです。

この度は「デスマーチからはじまる異世界狂想曲」の第三〇巻をお手に取っていただき、誠にありがとうございます！

三〇巻ですよ、三〇巻！　ラノベや新文芸でもなかなか行かない巻数なのです。

こんなにも巻数を重ねる事ができているのも、応援してくださる読者の皆様のお陰です。

二〇一四年に一巻が出てから早一〇年。本作、書籍版「デスマーチからはじまる異世界狂想曲」も一〇周年を迎える事ができました。次は二〇周年を目指したいところです。

さすがにその頃は完結しているでしょうけど、偉大な先達のように二〇周年記念アンソロジーとか出してみたいですね。野望は尽きません。

これからも常に今まで以上の面白さを追求して参りますので、今後とも変わらぬご愛顧とご支持をお願いいたします。

帯にもありますが、一〇周年記念で「キャラクター人気投票　実施中！」です。一位のキャラにはご褒美があるとかないとか――。ぜひ、あなたの推しキャラを教えてくださいね。

投票期間：二〇二四年七月八日～八月九日

投票サイトURL：https://kdq.jp/tuwxb

さて、それではあとがきを読んでから買うか決める方のために、前巻のおさらいと本巻の見所を語って参りましょう。

前巻では「飛竜の王国」スィルガ王国でリザが無双し、偶然出会った転生者のネズとケイを助けつつ、新勇者四人と共闘してマキワ王国に現代兵器で攻め込んだ鼬帝国軍を撃退するという忙しい旅路でした。

どうして鼬帝国に現代兵器があるのかとか、鼬帝国はなぜ神々の禁忌に触れずにいられるのか、などの疑問に一切答えないところがデスマらしいですが、このあたりの答えは本巻にも出てきません。予定では三二巻辺りに出てくるはずなので、それまで少々お待ちください。

――そうでした。本巻の見所を語るんでした。

戦争の後始末を終えシガ王国の王都でのんびり趣味の工作や社交に勤しむサトゥーのもとに、サガ帝国からの使者が訪れる事から物語が始まります。

一悶着の末、鼬帝国で唯一鎖国していないデジマ島に赴き、サガ帝国の新勇者達のホームシックを癒やすジャンクフード祭りを開催。デジマ島の夢幻迷宮に潜む鼠魔王の正体がネズではないかという疑惑を解明するため、サトゥーは中学生新勇者四人と最後の新勇者ソラとともに魔王退治に参加する事に……。

怪しすぎる鼬人の聖堂騎士タクヤーモーリを始め新キャラもちらほらと。

もちろん、デジマ島での観光もあります！　デジマ島ではどんな名物料理が待っているのか、ポチ語録やアリサ語録は増えるのか、綺麗なお姉さんは出てくるのか、ＥＸ編のゼナ達にどんな試練が待っているのか――それは本編をごらんになってご自身の目でご確認ください。きっと後悔はさせません！

あまり語りすぎてネタバレしても怒られるので、本編の見所はこのへんにしておきましょう。

ちょっと蛇足ですが、作中に「公立で中高一貫校っていうのはあんまり聞かない」というサトゥーのモノローグがありましたが、実は現在の日本だと二〇〇校以上あり、それほど珍しいモノではないそうです。

調べていただいた資料によると、平成一二年（西暦二〇〇〇年）頃に数校だけだった「公立の中高一貫校」が、それ以後、急速に数を増やして平成二八年には二〇〇校を突破するほどになったとか。

サトゥーは物語開始の二〇一三年時点で二九歳だったのでギリギリセーフという事で。現役高校生のソラは、平行世界の「公立の中高一貫校」が増えなかった世界線から来たのでしょう。うん、きっと、そう。

以上、作者の言い訳でした。

では恒例の謝辞を！

担当編集のＩ氏とボスのＡさんという布陣でサポートしていただき感謝の念に堪えません。盛り上げるべき箇所や表現が足りない所を適切にご指摘いただける事で、物語の魅力や分かりやすさがアップしました。これからも末永くご指導ご鞭撻(べんたつ)の程よろしくお願いいたします。

魅力的な表紙でデスマ世界に鮮やかな彩りを与えて盛り上げてくださるｓｈｒｉさん、そして挿絵のみならず、今回からは素敵なカラー口絵まで担当していただいている長浜(ながはま)めぐみさんのお二方には、いくらお礼を言っても言い足りません。これからもデスマ世界のビジュアル面をよろしくお願いいたします。

そして、カドカワＢＯＯＫＳ編集部の皆様を始めとして、この本の出版や流通、販売、宣伝、メディアミックスに関わった全ての方にお礼申し上げます。

最後に、読者の皆様には最大級の感謝を‼
本作品を最後まで読んでくださって、ありがとうございます！

では次巻、鼬帝国本土編でお会いしましょう！

愛七ひろ

カドカワBOOKS

デスマーチからはじまる異世界狂想曲　30

2024年７月10日　初版発行

著者／愛七ひろ

発行者／山下直久

発行／株式会社KADOKAWA

〒102-8177
東京都千代田区富士見2-13-3
電話／0570-002-301（ナビダイヤル）

編集／カドカワBOOKS編集部

印刷所／大日本印刷

製本所／大日本印刷

Printed in Japan
ISBN 978-4-04-075533-5 C0093

新文芸宣言

かつて「知」と「美」は特権階級の所有物でした。

15世紀、グーテンベルクが発明した活版印刷技術は、特権階級から「知」と「美」を解放し、ルネサンスや宗教改革を導きました。市民革命や産業革命も、大衆に「知」と「美」が広まらなければ起こりえませんでした。人間は、本を読むことにより、自由と平等を獲得していったのです。

21世紀、インターネット技術により、第二の「知」と「美」の解放が起こりました。一部の選ばれた才能を持つ者だけが文章や絵、映像を発表できる時代は終わり、誰もがネット上で自己表現を出来る時代がやってきました。

UGC（ユーザージェネレイテッドコンテンツ）の波は、今世界を席巻しています。UGCから生まれた小説は、一般大衆からの批評を取り込みながら内容を充実させて行きます。受け手と送り手の情報の交換によって、UGCは量的な評価を獲得し、爆発的にその数を増やしているのです。

こうしたUGCから生まれた小説群を、私たちは「新文芸」と名付けました。

新文芸は、インターネットによる新しい「知」と「美」の形です。

2015年10月10日
井上伸一郎

水魔法ぐらいしか取り柄がないけど現代知識があれば充分だよね？

著 mono-zo　画 桶乃かもく

スラムの路上で生きる5歳の孤児フリムはある日、日本人だった前世を思い出した。今いる世界は暴力と理不尽だらけで、味方もゼロ。あるのは「水が出せる魔法」と「現代知識」だけ。せめて屋根のあるお家ぐらいは欲しかったなぁ……。

しかし、この世界にはないアイデアで職場環境を改善したり、高圧水流や除菌・消臭効果のあるオゾンを出して貴族のお屋敷をピカピカに磨いたり、さらには不可能なはずの爆発魔法まで使えて、フリムは次第に注目される存在に――!?

カドカワBOOKS

最底辺スタートな
転生幼女、
万能の「水魔法」で
成り上がる!?